講談社文庫

大天使はミモザの香り

高野史緒

講談社

馬の尻尾《しっぽ》の毛を張った弓に松脂《まつやに》をつけ、細い金属弦の上に滑らせる。顎《あご》と左肩で挟《はさ》んで支持する本体に張られた四本の弦《げん》。その振動は駒を伝わって表板に響き、さらに魂柱《こんちゅう》や空気を伝わって裏板を鳴らす。あまりにも完成されているが故に三百年間ほとんど変わることのなかった形状と音色。その名をヴァイオリンという……

大天使はミモザの香り

プロローグ

「ムーン・ラヴ」だ……

拓人《たくと》は自転車を止めた。

一瞬だけ聴こえたような気がする旋律は、確かに「ムーン・ラヴ」だった。古いポップスで、フランク・シナトラが歌ってたやつだ。拓人がまだ中等部の頃、高等部の先輩たちのレトロバンドが演奏しててカッコよかったやつだ。

中高一貫校のいいところは、部活に高校生の先輩がいるところだ。いや、大人は一貫校のいいところをそこだと思ってるかどうかは知らないけど。少なくとも、部活に入れこんじゃってる当の生徒としては、そう思ったのだ。

まあそれはともかく。

拓人は少しうつむいて耳を澄ました。

聴こえない。

でもさっき、確かに聴いた。

まだ少し残る蝉《せみ》の鳴き声にまぎれたのか、それはもう聴こえなかった。

聴いた……はずだ。

……いや、また聴こえる。風向きによってかき消されてしまいそうなくらいかすかにだが、聴こえる。サックスだろうか、違うかな？　いや分からない。

メロディが聴こえてきた（ような気がした）のは、建築会社だかその子会社だかの資材置き場からだった。東京二十三区の北関東と言われる野々川町《ののかわちょう》のさらに北の外れの外れ、だだっ広い敷地に幾つもの建物が点在し、昼間は武骨な働く車たちが出入りしているが、今みたいな夕暮れ時には人影もなくなり、静まり返って不気味にさえ感じられる。

拓人は高等部に上がってから小遣い稼ぎに家業の手伝いをしていたが、その関係で一、二週に一度はこの道を通っていた。ここのさらに北、線路の向こうの繁華街に届けものをするためだ。このあたりは敷地の裏道にあたる通りらしく、うらぶれた印象は否定できなかった。小さな門扉《もんぴ》から十数メートル離れたところにそっけないコンクリートの建物が二棟立ち並び、地面は舗装《ほそう》もされていない。雑草も生《は》え放題で、人の通るところがけもの道のようになっていた。

片方の建物の一室には明かりがついている。

またた。何なんだろう、あの部屋。夕方にこの道を通るようになったばかりの頃は気にもとめていなかったが、ほどなくして気にせざるを得なくなる出来事がいくつか起こったのだった。

最初に見かけたのは、アルミ合金らしいケースを下げた強面《こわもて》の男だった。

男は車両用門扉の横の通用口を開けると、件《くだん》の建物の中に消えていった。別に、その会社に夕方に出入りする誰かがいたところでおかしくもなんともないが、拓人はどうしてもそのアルミケースが気になったのだった。けっこうな大きさだ。例えば……そう、外国映画に出てくるライフルケースくらいの。スナイパーが廃屋に潜《ひそ》んで要人を狙うシーンなんかで見かけるやつだ。短髪の強面の男が持っているだけでも、それはライフルケースにしか見えなくなる。

あの明かりがついた部屋の窓が開いていた時、さらに怪しいものを見たことがある。何と言えばいいのだろう？　細すぎも太すぎもしない筒というか、最初は木材か何かかと思ったが、やはりそれは筒だった。すぐに窓が閉められてしまったのでよくは見えなかったが。何というか……そう、ああいうのも、何だったか、アメリカのテレビドラマで見た。正式には何というのか分からないが、銃と小型のバズーカ砲の中間みたいなやつだ。

そして先週、もう暗くなってからだった、黒いバンが車両用門から入っていったかと思うと、身長が二メートルはあるかという大男が、バンから大きな包みを下ろして建物の中に運んでいった。街灯に照らされた横顔からすると、金髪の白人らしい。その男の荷物は何だか分からなかったが……分からなかったが……でも、拓人にはそれがどうしても、死体袋《ボディバッグ》のように見えてしまったのだ。死後硬直で直立した死体？　いや、中身が人ひとりにしては大きくないか？　いやいや、逆か、本当はもっと小さいのか？　……分からない。その時はただただ、自分のほうをその男が振り返らないことを祈りながら、できるだけ音を立てないようにして自転車をこぐばかりだった。

その拓人にとって気になって気になって仕方のない建物のほうから、「ムーン・ラヴ」が聴こえてきたのだ。これはアニメなんかだと完全に罠《わな》なやつだ。メロディはもう聴こえなかった。連なった窓の幾つかには、ありふれた蛍光灯らしい明かりが灯っている。

拓人は一瞬迷ったが、自転車から降りてスタンドを立てた。

今日は代金先払いの配達の帰りだ。荷物はもう無い。数分間ボロ自転車から離れても、盗まれるようなものは何もない。自分の財布は……五百円くらいしか入っていない。クレジットカードやキャッシュカードの類は……そもそも無い。そりゃそうだ。数ヵ月前まで中学生だった身だ。

心配するなら財布や自転車より、自分の身だろうか。

だけど、絶対面白いやつだ。なんか絶対クッソ面白い。中等部から高等部に上がるのも受験なし、男子校だからクラス替えに何のときめきもない、公立よりちょっとくらい早く夏休みが始まっても特にイベントもない。活動を引っ張ってた先輩たちが卒業してから、部活もだらっとしててやることがない。

流行《はや》りのバンドをコピーする連中は楽しそうだが、俺がやりたいのはそういうやつじゃない。別に流行り系が悪いってわけじゃない。ただ、俺がやりたいのがそういうのじゃないってだけで。どうせやるんだったら、昔のプログレとかいいな。趣味の合うやつがいないってだけの話だけど、それだけでこんなにモヤモヤする。なんか面白いことがないとやってられない。

通用口は鍵もかけられておらず、ごくかすかにきしんだだけで簡単に開いた。

敷地に足を踏み入れる。足音を忍ばせながら数歩進む。何やってんだ、俺。テロリストのグループが「ムーン・ラヴ」を演奏しているところでも見れば満足なのか？

足元と耳に神経を集中する。汗が引かないのは夏の熱気のせいばかりではないだろう。今度は話し声が聞こえたような気がしたが、それもまた気のせいかもしれない。

明かりのついた窓を影がよぎった。一人……いや二人か？　人間の影だ。拓人は、植えてあるというより放置されている木に、すがりつくようにして身を寄せた。空はどんどん明るさを失ってゆく。もし今窓が開いたとしても、あちらからこちらは見えないだろう……と信じたいが、どうだか分からない。

聴こえる。また「ムーン・ラヴ」だ。

拓人はその音が聴こえてくる方向を定めようと、首をゆっくりと左右に動かした。最後の薄明の中で、建物のすぐそばで何かが光った。

「動くな」

背後から突然、女がそう声をかけてきたかと思うと、何か冷たいものがうなじに当てられた。全身の神経が逆立つような感覚が走る。反射的に振り返りそうになったが、拓人はどうにかそれを押し留《とど》めた。

ここは動いちゃいけないやつだ。心臓がバクバクする。血の気が引いたりさかのぼったり、全身で荒れ狂っているみたいだ。今や神経が集中しきった首筋に突きつけられているのは、刃物じゃない……何か丸いもの……いや丸とはいっても球体とかの丸じゃなくて、ほら、あれだ、円筒というか……まさか銃口なのか?!

とにかく、これは動いちゃだめなやつだ。

後ろにばかり気を取られているうちに、誰かが目の前に立っていた。短髪の強面の男だった。左手には例のアルミケースを下げている。いや、そこにいたのはその男だけではなかった。建物の陰と、開け放たれた扉から十数人の人影が現れ、拓人を取り囲むようにして居並んだ。

俺はテロリストの集団に拉致《らち》されるんだろうか……

動かないでいるのももう限界だった。身体が震えて力が入らない。拓人はよろけて、その場に尻もちをついた。

強面男が一歩前に出る。気が遠くなりそうだ。「ムーン・ラヴ」に釣られた俺が馬鹿だった。あれはやっぱり罠だったのだ。何の罠なのかはともかく。

「あららら、びっくりさせ過ぎちゃった?!」

後ろにいた女がそう言いながら、強面男の隣に並んだ。手に何か銀色の筒のようなものを持っている。……銃ではなかったのか？

あれは……見たことがある。あれは……確か……

強面男はさらに数歩進んで、へたりこんだ拓人のすぐそばに来ると、右手を差し出した。

「ねえ君、アマチュア・オーケストラに入らない？」

「ア……アマチュア・オーケストラ……？」

「そ。アマオケ」

拓人が案内された――というより、腰の抜けた拓人が担《かつ》ぎこまれた――のは、学校の教室より少し広い、殺風景な部屋だった。家具らしい家具はほとんどない。ただパイプ椅子《いす》と譜面台がいくつかと、古ぼけた会議用のテーブルが一つあるだけだ。

拓人はそのテーブルの横に置かれたパイプ椅子にどうにか腰を下ろした。強面男が、最近流行りのお洒落《しゃれ》な炭酸飲料をそのテーブルに置いた。

「君、小林《こばやし》拓人君だよね？　私立土手《どて》が原《はら》学園高等部一年の」

「そ、そふれすけろ……」

拓人はペットボトルを見ると自分の喉《のど》がからからなことに気づいた。勧められるままにそれを飲む。強面男は人のよさそうな笑みを浮かべた。

「川原《かわはら》君からいろいろ聞いてるよ」

「って……か、川原稔《みのる》先輩のことですか？」

「そ。うちのオケには川原君のお父さんがいてね。稔君は大学のオケで手いっぱいらしいんだけど、何度かうちの練習にも遊びに来たことがあるんだ」

川原先輩は、今年の春に土手が原を卒業した部活の先輩だ。拓人が中等部に入学した時、新歓イベントで見たレトロポップスのバンドが最高にカッコよかった。そのリーダーが川原先輩だ。

「この間、稔君から面白い話を聞いちゃってさ。君、先週稔君にメールで、ここに怪しい人たちが出入りしてるとか、武器がどうとか、なんか死体を運びこんでるかもしれないとか、書いてたんだって？　それ聞いてさ、あまりにも面白かったから、ちょっとからかいたくなっちゃったんだよ。今日君がここ通りかかるの、稔君から聞いてたし」

銀色の筒を持ったショートカットの女が笑った。あれは……そう、確かフルートだ。

「ヒミツをばらしちゃったからって、稔君を責めないでね。こっちも誤解されたままじゃアレだし。君がバズーカ砲だと思ってたっていうのは、多分あれね」

フルートの女が指した先にいたのは、実直そうな中年男性だった。一メートルをゆうに超える長さの、銀色のキーだらけの木製らしき筒を両手に持っている。

「ファゴットの高嶋《たかしま》です。よろしく」

「で、死体袋《ボディバッグ》に見えたのはあれね」

「コントラバスのゾンダーマンで～す」

ウッドベース（軽音部の拓人にはその呼び方のほうが馴染みがある）に肩を組むようにして立っている白人の大男が、左手で床から黒い袋を持ち上げた。そうか……あれはソフトケースに入れたウッドベースだったのか！

「で、僕のはこれ」

強面男が、例のアルミケースをテーブルの上に載せ、留め金を外した。

「君、ヴィオラって知ってるかな？」

「知りません」

「そうきっぱり言われると凹《へこ》むなあ……」

強面男がケースから取り出したのは、一見するとヴァイオリンだった。ただ、一回り、いや二回りくらい大きい。

「僕はヴィオラの田部井《たべい》です。うちのオケの団長もやってます。でね、君、軽音部でヴァイオリン弾《ひ》いてるよね？　稔君が指導してたそうだけど、レトロポップスに憧《あこが》れて中学入ってから始めたとは思えない上達ぶりだって聞いてる。ものすごく上手《うま》いって」

「上手いかどうかは分かんないですけど……」

自分では上手いんだか上手くないんだかは分からない。

「まあ、弾いてるのは事実です。でも今、決まったバンドもないし、部活、いいかげんな奴が多いんで、ろくな活動できてないですけどね」

拓人を取り囲んでいた十数人の大人たちが、分かるよ、とでもいうようにいっせいにうんうんとうなずいた。

「活躍の場がないとそうなるよね」

「ありがちありがち」

「弦楽器あるあるだよ」

「管とか打だったらまだブラスバンド部とかいう手もあるけどねえ」

「そこいくと弦はね〜」

「というわけで、君、オーケストラに入らない？　ていうか入るよね？　面白いよ〜」

「ちょっと待って下さい。僕は確かにヴァイオリン弾いてますよ？　だけど、僕がやりたいのはもっと……何ていうか、カッコイイやつで、クラシックとか全然興味ないんですけど。オーケストラって、あれですよね？　クラシックやるやつですよね？　僕、音楽の時間のクラシック鑑賞とか、寝てるくちですけど？」

皆が互いに顔を見合わせた。はっきり興味ないと言っちゃって悪かっただろうか。でも事実だ。音楽の授業でさえダルイのに、わざわざ時間作ってクラシックをやるとか、冗談じゃない。

……のわりには、みな不服そうな顔をしていない。何だろう？　むしろみんな嬉しそうじゃないか？

「君さ、以前、稔君ちにお父さんの古いレコード聴きに行ったことあるよね？」

そうだった。確かにそんなことがあった。先輩の受験が終わった後、何人かで遊びに行って、昔の映画音楽のレコード――黒くて大きな円盤――をだべりながら聴いたことが、確かにあった。

「君が気に入ったっていう映画音楽が幾つかあったよね？　『2001年宇宙の旅』、『未来惑星ザルドス』、『時計じかけのオレンジ』、『サクリファイス』、『地獄の黙示録』、『エレファント・マン』、あとは『スター・ウォーズ』とか『インディ・ジョーンズ』とか、それから『ゴジラ』」

「ええまあ……そんなところだったと思いますけど、でもそれが何だっていうんです？　どうせなんかヴァイオリンで音楽やるんだったら、退屈で気取ったおクラシックとかじゃなくて、そういう壮大でカッコイイのがやりたいですね」

田部井が満面の笑みを見せ、嬉しそうに楽器を撫《な》でた。皆もまた嬉しそうにうなずく。

何だこの人たち。気持ち悪い。クラシックをけなされてるのに、ますます嬉しそうにしている。

「ふふん。君ねえ、その曲、何だか知ってる？　『2001年宇宙の旅』のあの曲は、リヒャルト・シュトラウスの交響詩『ツァラトゥストラはかく語りき』の第一曲。『未来惑星ザルドス』のはベートーヴェン交響曲第七番第二楽章。『時計じかけのオレンジ』の曲は、レトロシンセで演奏したやつだけど、ベートーヴェン交響曲第九番第四楽章の抜粋だよ。『サクリファイス』のあの歌の曲は、バッハ『マタイ受難曲』の第三十九曲『我が主よ、憐《あわ》れみたまえ』。『地獄の黙示録』のあの怖くてカッコイイ曲は、ワグナーの『ワルキューレの騎行』。『エレファント・マン』はバーバーの『アダージョ』。

どれもクラシックなんだよ」

「えっ……？」

フルートの女が後を続けた。

「『スター・ウォーズ』とか『インディ・ジョーンズ』とかの作曲をしたジョン・ウィリアムスも、『ゴジラ』の作曲をした伊福部昭《いふくべあきら》も、現代クラシックの作曲家として有名よ」

「いや……ちょっと待って下さい。なんかいきなり誰の何の曲とか並べられてもワケ分かんないし、僕にはほとんどゲームの呪文と変わんないんですけど……」

「まあ曲名とかは今すぐ覚えなくていいよ。何にしても、興味があるものはいつの間にか覚えるから」

「だから別にクラシックに興味があるわけじゃないって言ってるじゃないですか。あなたがたも、川原先輩から僕のこと聞いてるんなら分かってるんじゃないですか？ さっきだって、僕を罠にかけるためにシナトラの曲やってたじゃないですか」

「シナトラ？ さあ何の事かなあ」

フルートの女の後ろに立っていた背の高い茶髪の女が、さも楽しそうに言った。彼女が持っているのは、ぐるぐると巻いた金色の楽器だ。あれはブラバンの友達が吹いているから知っている。ホルンだ。女はそれを構え直すと、「ムーン・ラヴ」のメロディを少し吹いた。

「ほらほら、ほらそれですよ。フランク・シナトラの……」

「私が吹いてたのは、チャイコフスキーの交響曲第五番第二楽章の冒頭だけど？」

「……え？」

「シナトラのあの曲はねえ、ほとんどアレンジなしの、まんまチャイコフスキーの旋《せん》律《りつ》なの。ちなみに、あなたが今年の卒業生追いコンの時弾いたっていう『好きにならずにいられない』も、原曲は十八世紀のフランスの歌曲、『愛の歓び』よ」

「ついでに言うなら、君の好きな曲も当ててあげようか。平原綾香の『Jupiter』とか『威風堂々』とか、好きでしょ？」

「どっ……どうして分かるんですか?!」

「前者は原曲がホルストの『惑星』の第四曲『木星』、後者の原曲はエルガーの『威風堂々』だよ」

「……えっ?!」

「サッカーの試合でタンターン、タララターンターンターン、タララララーって流れると、別にサッカー好きってわけじゃなくても血が騒ぐでしょ？」

「なんで知ってるんですか?!」

「あれはヴェルディのオペラ『アイーダ』の中の曲なのよ」

「…………………！」

「君、これでも自分はクラシックに興味ないって思ってる？」

何なんだ、これ。頭ではイラつく大人たちだなと思っていながら、拓人はどこかで、視野にも入っていなかったところ、そう、どこかは分からないけど重要な場所で、大きな扉が開いたような気がしたのだった。

強面のヴィオラが再び口を開いた。

「オーケストラ、いいと思うよ〜。むちゃくちゃ壮大なサウンドだよ。まあとにかく、日曜の練習の時、一度見学においで。南町公民館で、次のコンサートの最後の仕上げの練習をするから。きっと気に入ると思うよ」

「見学くらいだったら……あっ、ちょっと待って下さい、なんて言うオーケストラかも聞いてないですよ」

団長だというその男は、心の底から満足げににやりと笑った。

「東京アークエンジェル・オーケストラさ」

第一章　スピットファイア

去年、三つの在京アマチュア・オーケストラが消滅した。

理由は指導者の引退や中核メンバーの相次ぐ転勤など、それぞれだった。が、どこもアマチュアの団体ならではの弱みに魔物がつけこんだかのような消滅のし方だった。アマオケの最大の弱み、それは、メンバーが手弁当で運営しているというところだ。財政的にも決して強いとは言えないのである。

光子《みつこ》が所属していたオーケストラ・サミズダートに至っては、コンサート当日に会場爆破予告が届いて中止になり、チケットの払い戻しをしたところから経済的に破綻した。爆破予告は外国のサーバーをいくつも経由した凝《こ》ったものだったが、それは小学校の運動会に届くテロ予告と同様の、ただの愉快犯だった。実際には何事も起こらなかったのだが、しかし、それは見方を変えればオーケストラ自体が爆発したと言えなくもない。そういう意味では、団員にとっては実際に起こったテロ事件だったのだった。

もっとも、アマオケの数自体が多い東京近郊は、中級以上の奏者の多くは複数の団体に所属しているものだ。ロシアものを演奏したい奏者が集まるオケ、近現代ものを演奏するオケ、正統派ロマン派の曲を正統派モダン・オーケストラとして演奏する団体、バロック楽器を使って古楽スタイルでバロックを演奏するところ等々、スタイルは様々だ。三〜四ヵ月練習して年に一度か二度の定期演奏会をするところが多い。複数のオケに所属する奏者たちは、それらの練習が被《かぶ》らないところを選んで所属する者も、練習日程をやりくりして幾つもオケを行き来する者もいる。

そういうわけで、東京近郊なら、いくつかオーケストラがなくなっても、全く居場所がなくなってしまう奏者はそう多くはない。だが光子の場合、よりによって消滅した三つのオケに所属していたのだった。どこのオケでもヴァイオリンはそれなりの人数が必要なので需要はあるといえばあるが、奏者のやりたい曲ややりたい演奏と、オケ側が求める奏者の傾向が一致するとは限らない。光子はいっぺんに路頭に迷ってしまったのだった。正直、ぱっとしない容姿やぱっとしない仕事、そしてもっとぱっとしない私生活だけではアイデンティティが保てない。オーケストラという居場所でどうにか正気を保っている光子としては、死活問題なのだった。

もちろん、消滅した団体のメンバーたちも黙ってはいなかった。新しい団体を立ち上げようという動きはあった。ただ例によって、オケの方向性や性質を決めるという問題がある。実務的なことや経済的なこと、指導者の確保も一筋縄ではいかない。

そんな中、一つだけ希望が生まれた。これまでいくつものアマオケのプログラムに広告を載せてきたある建設会社が、新しい団体の立ち上げに協力すると言い出したのだ。もっとも、それはあくまで「協力」であって、企業が丸抱えで何もかもやってくれるわけではない。何しろ、今はバブル時代とはわけが違う。ゼネコンも、あの頃とは違い、本物の馬や象が出てくるオペラをどんどん上演できるような財力はない。アルシュ建設にはメセナ部門――メセナ(企業による文化芸術支援)という言葉自体がもう死語っぽいが――があるにはある。が、実態は、プロのソプラノ歌手(自称)である社長夫人がほとんど手弁当でちまちまと運営しているにすぎない。ここもまた「手弁当」だったのだ。

とはいえ、プロの演奏家(自称)としてそれなりにプライドのお高い社長夫人は、自分が関わる以上、精鋭中の精鋭のアマオケを作りたかった。それならどんな方法を使えばいい奏者が集まるだろうと考えた時、彼女は二つの方法を思いついたのだった。一つは、ありきたりだが、オーディションをすること。しかし、そもそもこれは優秀な奏者が応募してこないことには、どうにもならない。ではどうやったら優秀な人材が集まりたくなるようなエサ（言葉のあやなので、気にしないでいただきたい）をぶら下げられるか。そんな時、彼女の知人のあるヴァイオリン製作者がとってもいい入れ知恵をしてくれた。

有名なプロ独奏者との共演である。

しかも、そのプロ奏者が弾くのは、時価二億円ともそれ以上とも言われるヴァイオリンの名器だ。

それに加えて、いつでも好きな時に使える練習場も用意する。

本番はアルシュ建設が作った最高傑作のコンサートホール、アルペジオ・ホールだ。

もっとも、練習場所というのは、資材置き場の片隅の、使わなくなった倉庫だ。アルペジオ・ホールが押さえられたのも、あるプロオケがキャンセルした日程をインサイダー情報で得て慌てて押さえてどうにか確保したものだった。

コンサートホールの音響設計を自慢にするような会社だったら、せめて資材置き場じゃない、公民館くらいの練習場所は提供してほしいところだ。確かに、アルペジオ・ホールはいいリハーサル設備を持っている。しかしそういうところはプロに貸し出すので手一杯なのだ。まあこういうのがアマオケの哀しいところではあったが。

いやしかし、まだ実体のないアマオケとしては、条件はよかった。何がやりたいオケなのかは未だ定かではないが……少なくとも、「精鋭中の精鋭」を名乗りたがっているのは確かだった。

普通は団体を作ってから団員たちが相談し合ってプログラムを決めるのだが、今回の場合、曲目はもう決まっていた。何しろ、ヴァイオリンの名器と俊英のプロ奏者(しかも、いわゆる「イケメン」)との共演が目玉なのだ。メインの曲はチャイコフスキーの唯一のヴァイオリン協奏曲だった。コンサートの前半には序曲として「スピットファイア」、そして次に、まだ十代だったショスタコーヴィチが書いた栴檀《せんだん》は双葉より芳《かんば》しい交響曲第一番、そして最後に、創立記念演奏としてチャイコフスキーの派手な『一八一二年序曲』を予定していた。

名前にも気合が入っている。曰《いわ》く、「東京アークエンジェル・オーケストラ」とのこと。そういう心意気や佳《よ》し、とは思うものの、オーディションあり、というのが光子にはいささかひっかかった。いや、光子はオーケストラ・プレイヤーとしての腕前はかなりあるほうだ。伊達《だて》に中年になるまでアマオケの掛け持ちをやっていたわけではない。わけではない……が、何というか、はっきり言おう、光子に「才能がある」

かどうかというと、これがなかなか微妙なのだった。いや、下手というわけではない。音程が不安定とか、弾き間違いがあるとかいうことはない。全くないと言ってしまってもいい。しかし……黙ってオーケストラの第二ヴァイオリンのしんがりに置いておく分には役に立つ存在なのだが、何らかの形で選考があるとなると、選ばれにくいのも事実だった。

光子は今までに何度か、オーディションのあるアマオケの選考に落ちている。何と表現すればいいのだろう。「才能がない」わけではないが、「才能を感じさせない」とでも言うべきか。実際、光子のヴァイオリン奏者としての技能は、全て努力と練習で身に付けたものだった。才能のある奏者なら、少なくともアマチュアの中のトップクラスの奏者なら、才能とほんの少しの練習で弾きこなすようなことを、光子は努力と練習で何とかしているというのが現実だった。そういう人材は、個別に選考にかけられるとどうしても決め手に欠けるのだ。光子という名前に反して、光るものが全くないのである。

結論から言おう。光子はアークエンジェルのオーディションに通った。後から漠然とした噂で聞いた限りでは、光子は件の社長夫人のお眼鏡にはかなわなかったらしいが、審査員の一人がかなり強力に推してどうにかこうにかといった感じで通ったらしい。第二ヴァイオリンの応募者数は、かろうじて定員割れはしなかったという程度だったのも幸いした。光子本人としては聞きたくなかった話だが。

まあ入ってしまえばこっちのものなのだ。何しろ光子は、オケの一員として使い勝手がいいことにかけては自信がある。

あとは、隣の席が埋まってくれれば言うことはない。オーケストラの弦楽器奏者は通常、二人一組で一つの譜面台を使う。奏者が奇数だと、最後尾には相方《あいかた》がいないことになる。まあそれはそれで気楽ではあるのだが、「他と違う」ということでちょっとだけ目立つのが、光子のように世間体が気になって気になって仕方のない人間としては、どうしても居心地が悪いのだった。

別に、ある日突然、王子様のようなヴァイオリニストが現れて、輝くような笑みを見せ、「この席、空いてますか?」と甘い声で囁《ささや》いてくれるとは思っていない。せめて、自分の諸々のコンプレックスを刺激しない無難な人、いかにも第二ヴァイオリンの最後尾にふさわしい相方が現れてくれればそれでいいのだ。

例えば、部活で経験はあるが、まだまだ発展途上の高校生とか。

面倒を見るのは大変だろうし、ついてこられないなら厳しく現実を突きつけなければならないこともあるだろう。でも隣に自分以上の人がいると、自信なくすのよね……

光子のその望みは間もなく半分叶い、半分打ち砕かれることになる……

「あの……すいません。ええと、小林拓人っていいます」

光子は、ひょろりと背の高いその高校生を見上げた。

これが噂の、ヴァイオリン・パートの重鎮たちが発掘してきたという「逸材」くんか。高校一年生ということは、ついこの間まで中学生だったわけだが、思ったよりずっと大人びた顔つきをしていた。

イマドキのイケメン君……とまではいかないが、お世辞でいろいろな芸能人に似ていると言われそうな、平凡よりかはプラスアルファの顔立ちと言えるだろう。彼は、手にしていたパイプ椅子を広げると、光子の左隣に腰を下ろした。

「は、初めまして。よろしくお願いします。あんまり敬称とかつけられるの好きじゃないんで、拓人って呼び捨てにしてくれて全然オッケーです」

「どうも。私は音羽《おとわ》光子。四十二歳独身彼氏無しだけど、気を使わなくていいからね」

いい加減この自虐の自己紹介はやめたほうがいいとは思うが、ある種の保身としてどうしても言ってしまう。しかも、これを言っているのはパーマもカラーもしていない髪を一つにまとめた地味顔メガネのおばさんなのだ。小林拓人は一瞬固まって、無言でパイプ椅子を軋《きし》ませた。

……ほら、若い子には今の自虐は反応しづらいじゃない。分かってたはずなのに。

「逸材」くんは、居心地が悪そうにあたりを見回した。すでに自分の楽器を持った団員たちが、自分の席で、あるいは集団から少し離れた場所で、それぞれが自分のパートの音出しをしていた。彼はそれを物珍しそうに見ていたが、やがて、何かに気づいたように突然立ち上がって、後ろの荷物置き場のほうに戻っていった。

先週、資材置き場の練習場で小林拓人を捕獲した田部井たちは、彼に次のコンサートの演目の総譜とヴァイオリンのパート譜、CDを渡したのだという。まあクラシックに慣れていない初心者に総譜なんか渡してどうなるものでもないが、少しでもオーケストラというものの雰囲気を摑《つか》んでくれればと思ってのことだろう。今日練習を見学して、本番を聴いて、それで興味を持ってくれれば次の定期演奏会の練習に参加という流れになる。

だが、彼にもしやる気があっても、次の定演までに使い物になるとは思えない。いや、これは小林少年を馬鹿にして言っているのではなく、初心者というのはそういうものだという話だ。ただでさえクラシックに興味がなかった初心者を、本番のステージに立てるようになるまでに飽きたり諦《あきら》めたりさせないようにするためにはいったいどうしたらいいか、光子には見当もつかなかった。多分、彼を見つけ出してきた面々にも分からないだろう。できるだけ叱らずに、優しく優し〜くして、褒《ほ》めて伸ばせとでもいうのだろうか？

目眩《めまい》がする。

なかなか荷が重いかもしれない。子供もいない光子にとって、イマドキのおガキ様の取り扱いは謎が多い。光子が自分の楽器を見つめながら小さなため息をついていると、拓人は楽譜と楽器を抱えて戻って来た。

おいおい、ちょっと待て。今日は見学だけのはずなのに、何故彼は楽器なんか持ってきたのだろう？　まさかできもしないのに混ざるつもり？　光子は少しばかり、いや、かなりの苛立《いらだ》ちを覚えた。

「田部井さんに聞いたんですけど、僕はヴァイオリンの『第二』っていうパートなんですよね？　こっちのやつを弾けばいいんですよね？」

拓人は第二ヴァイオリンのパート譜を光子に見せた。

「いや、ちょっと待っ……」

「あっ、そうか、田部井さんに聞いたんですけど、楽譜って、二人で見るんですよね？　じゃ、僕がもらった楽譜はあっちに置いてきちゃっていいんですよね？」

「だからちょっと待……」

拓人は椅子の上にヴァイオリンを置くと、楽譜を持ってまた荷物置き場に戻っていった。

もしかして彼は、アマオケって音程も不安定だし楽譜通りに弾けるかどうかというレベルでいいものだと思っているのかもしれない。

勘弁してよ。うちの団は、いちおう精鋭中の精鋭なんだけど。

拓人は再び戻って来ると、ヴァイオリンを取って再びパイプ椅子に腰を下ろした。あたりをきょろきょろと見回している。オーケストラというもの自体、珍しくてしかたがないといった様子だ。

「田部井さんに聞いたんですけど、僕は第二って書いてある楽譜だけ弾けばいいんですよね？　ヴァイオリンに第一と第二があることも知らなくて、もらった楽譜、どっちも弾けるようにしてきたんですけど、第二だけですよね？」

「いや、今は……」

弾かなくていい。今回はただ参考までに楽譜を渡しただけで、君はたまに楽譜を見たりしながらあっちで見学しててくれればいいから。

光子はそう言いかけたが、拓人の背後で、田部井が唇に指を当てて小さく首を横に振った。

いきなりやらせろということか。手荒い修業も、うぬぼれたクラシックマニアあたりが相手なら意義があるだろう。しかし、何も、こんな素直そうな若い子にそんな恥をかかせるようなことはしなくてもいい、いや、してはいけないのではないだろうか。

光子がまた口を開きかけると、ヴィオラの田部井とチェロの孫《ソン》と、副コンサートマスターの川原が、いっせいに唇に指を当てた。

「田部井さんに聞いたんですけど、僕、指揮者の合図に合わせてこの譜面通りに弾けばそれでいいんですよね？」

「まあ原則、そうだけど……」

光子のメガネのレンズの端で、コンサートマスターの島田《しまだ》朗奈《あきな》が何度も拝み倒すような動作を見せた。

「田部井さんに聞いたんですけど、一曲目はこの曲でいいんですよね？」

譜面台には、『スピットファイアの前奏曲とフーガ』の第二ヴァイオリンパート譜が載っている。

光子が何も答えないうち、島田が全員に席に着くように促した。

「はい、それじゃ、もうすぐ指揮者の金田《かねだ》先生がいらっしゃるんで私は長々とは喋《しゃべ》りません。ええと、練習は本番直前のリハーサルはありますけど、もう、今日が最後だと思ってください。

東京アークエンジェル・オーケストラは今年の二月に、主に、去年なくなっちゃった三つの優秀なオケの旧団員中心に結成された、新しい団体です。どこもいいオケだったし、どの団員もみんな精鋭でした。つまりアークエンジェルは精鋭中の精鋭で作られたオーケストラです。でもまあ、新しいところはどうしても、寄せ集めという性質もね、ないわけじゃないです。それを練習を重ねて、本番を経て一つのオーケストラになってゆくわけです。そういう意味で、第一回目の本番というのは、いわば私たちが本当にオーケストラというものになるための大事な機会です。もちろんみなさん私なんかよりずっとよく分かってらっしゃると思うのですが、そういうわけですので、ええと、まあ、よろしく、がんばっていきましょう」

島田はやや照れくさそうに無理矢理話をまとめると、練習場に現れた指揮者のそばに向かった。

「田部井さんが団長だって聞いてましたけど、あの女の人は？」

拓人が光子に尋ねてきた。

おいおい。

そうか……コンマスから説明しないといけないのか。

「コンサートマスターよ。コンサートマスターっていうのは、第一ヴァイオリンの首席奏者のことで、指揮者とはまた違った意味でオーケストラのまとめ役のポジションなの。オケと指揮者のインターフェイスだったり、オケのお父さんお袋さん的な役割だったり。ヴァイオリンにとっては、弓の上げ下げを統一してくれる人でもあるけどね」

光子は楽譜に手書きされた上げ弓、下げ弓の記号を指した。

「へ〜。バンドだとリードギターの人みたいなもんですかね」

「私はバンドのことがよく分かんないんだけど、多分そんな感じかなあ。ちなみに、コンサートマスターは女性の場合『コンサートミストレス』って呼ばれることもあるんだけど、うちの団では男性も女性もアメリカ式に『コンサートマスター』なの。だから島田さんもコンミスじゃなくてコンマス」

「へ〜」

拓人は分かったのか分からないのかも分からない、分かりにくい反応を見せた。まあいい。いっぺんに何もかも教えようとすると、イマドキの若いもんはすぐにそっぽを向いてしまうかもしれない。あと数十秒後には、彼は非常に厳しい現実に直面するのだから、少しは思いやりをもって接してあげなければ。

音合わせが済み、指揮台の上で長身の金田が皆の注意を集中させると、皆が楽器を構えた。トランペットとトロンボーン、ホルンが息を吸い込む。

『スピットファイアの前奏曲とフーガ』は、二十世紀イギリスの作曲家ウィリアム・ウォルトンの代表作の一つだ。元々は、イギリスの第二次世界大戦時の主力戦闘機スピットファイアの開発を描いた映画『The First of the Few』の映画音楽で、それをコンサートピースに編曲し直したものだ。「前奏曲とフーガ」という、バッハかよという古めかしいスタイルを取っているが、元々が映画音楽のためもあって、親しみやすく、颯爽《さっそう》としていて、壮麗で端正だ。

「The First of the Few」というのは、いわば「精鋭中の精鋭」というほどの意味だ。オケの後援者、アルシュ建設の社長夫人がこの曲を第一回演奏会の第一曲目に選んだのも、ただ格好がいいからというだけではなく、きっとこの映画の原タイトルに思いを重ねたからだろう。

指揮棒が宙を舞った。

正々堂々たるハ長調の、滑らかであまりはっきりと拍を取らない、空《そら》の行進曲とでもいうべき前奏曲が始まった。

前奏曲はトランペットとトロンボーンのファンファーレに始まり、そこにホルンが加わり、木管、弦が重なってゆく。出だしが弦ではないので、弦奏者にとっては正直少し気が楽なのだが（その分もちろん金管はプレッシャーだ）、しかし、ヴァイオリンは弱拍で入って、その音はそのまま二拍にまたがる三連符にタイでつながってシンコペーションのリズムに続くため、よほど確信をもってしっかりと弾きはじめないと入《はい》り損《そこ》なう。

拓人はいきなりやらかした。入り損ねたのだ。ほらやっぱりね。まあ、変な音を出されるよりはまだましだ。光子は自分も手を止め、弓で今いる場所を指した。拓人はそれでも追いきれないようだった。光子は軽く弓を振って、今は弾かなくていいと伝え、練習番号一を指した。曲がそこに追いついてきた時、一緒にそこから入った。拓人もようやく入ることができた。オケ全体の調子もまだ今一つだったが、金田は指揮棒を止めようとはしなかった。

そう、入《はい》れなくても、一拍二拍落としても、今はいい（本番じゃないから）。変な音を出されるよりはずっといい。

曲は数小節の臨時記号を経てト長調に転調し、冒頭に登場したハープに再び出番がやってくる。もっとも、ハープのエキストラ（プロ）は本番当日にしか手配できないので、今日は次のショスタコーヴィチの交響曲でピアノを弾くピアニスト（コンマス島田の妹さん）がピアノで弾いているのだが。ト長調は公明正大すぎるハ長調に比べると少し甘みがあるような気がする調だ。前奏曲はその調で盛り上がり、壮麗に幕を閉じる。

曲は一転して、「悲劇の調」とも言われるハ短調に転じ、レトロプロペラ機の空中戦といった趣《おもむ》きのフーガに突入する。映画ではスピットファイアの工場のシーンで使われた曲がメインだが、仕上がりはまさしくザ・バトルシーンだ。バッハほど徹底して対位法はやっていないが、それにいったい何の問題があるだろう。後半に悲劇を暗示するようなヴァイオリン・ソロが入るが、金管が長調の和音を鳴らすのをきっかけに全体がイ長調に染まり、あとはもうスピットファイアの勝利に向けて一直線に飛ぶまでだ。

いつ聴いても、いつ弾いてもいい曲だ。なのにあまり演奏される機会がないのが残念だが、だからこそアークエンジェルが第一回演奏会の一曲目に演奏して、みんなとこの曲の良さを分かち合わなければ！

オケ全体の調子も尻上がりに良くなり、金田はやり直しを指示しなかった。そう、一曲目というのはそういうものだ。直前になって細々《こまごま》と注文をつけると、できるものもできなくなってしまう。

「やっぱこの曲カッコイイっすね！」

拓人が嬉しそうに言った。分かっていて宜《よろ》しい。

「ちょっとダサカッコイイところはありますけど、それがレトロっぽくてよけいカッコイイっていうか。次の曲もカッコイイですけど、こっちのほうがフツウにカッコイイです」

……まあいい。

「次の曲って、ショスタコーヴィチ？　あれ初めて聴いてカッコイイって思った？」

「あれマジカッコイイっすよ。ちょっと変態ちっくですけど、そういうとこもカッコイイですよね」

……まあいい。

「じゃ、その次のチャイコフスキーは？」

「あれもカッコイイっすね。う〜ん、カッコイイっていうか、ちょっと、こう……何て言うか……」

光子は思い切って言ってみた。

「エモい？」

「は？」

うわっ、やってしまった。もしかしたら、「エモい」は彼らの世代にとってはもう古い流行語なのかもしれない。

……………………。

……ま、まあいい。

しかし光子は、そのしょうもないやりとりをしている間、あることに気づいて衝撃を受けた。

拓人はあれから一度も失敗せず、完全に演奏していたのだ。

そんな馬鹿な……

しかし、それは事実だった。

つい一週間ほど前に見学に誘ったばかりの、ヴァイオリン歴三年ほどの、クラシック知らずの、高校一年生の、まだ一度もオーケストラというものに加わったことのなかった、この頼りない少年は、決して初心者向きとは言えない「スピットファイア」の第二ヴァイオリン・パートを間違えることなく、突っ走ったり遅れたりもせず、全く問題なく演奏したのだった。

光子の前の席の二人が、コンマス島田と川原に、親指と人差し指で丸を作って合図を送っている。

何を意味しているのかは明らかだった。

しかし、それ以上に衝撃的なことが起こった。その後、拓人はプログラムの中で一番難しいショスタコーヴィチの交響曲第一番をきっちり弾き切ってしまったのだった。

この曲は、ただ楽譜通り、弓つけ通りに演奏すればそのままちゃんとした曲として成立するという性質のものではない。フレージング、アーティキュレーション、転調、リズム、タイミング……。難題は山積みなのだ。何度ものリハーサルで指揮者の解釈や旋律の読み方を頭に叩き込んでおかないと音楽にならない。ショスタコーヴィチを初見も同然の状態で弾きこなすなど、トップクラスのプロオケの熟練奏者でもない限り、絶対に不可能だ。

なのに……

だが、光子にとって最大の衝撃は、そのことでさえなかった。光子にもっとも大きな一撃を食らわせたのは、自分が、いい若手奏者に出会えたことを手放しで喜べなかったことだった。

自分は何十年もの間、アマチュア奏者の中では並外れて努力してきたほうだ。いい先生について個人レッスンも受けてきた。文字通り、一日も休まないで練習してきた。そうして精鋭の末席にどうにかこうにか潜り込めたのだ。その努力を、長い年月を、この見知らぬ少年の存在があざ笑っているような気がしてならなかったのだ。

「いや〜、やっぱりこの曲、カッコイイですよね。作った人はちょっと頭おかしいかもしんないけど、そこがまたカッコイイっていうか」

ドミトリー・ショスタコーヴィチがこの曲を作曲した時、彼は拓人とそう何歳も違わない、十七歳から十九歳の間だった。もっとも、ショスタコーヴィチはモーツァルトと並び称される天才である。

この小林拓人が何者なのか、光子にはまだ判断がつかなかった。

「は〜い、皆さま、お疲れ様ーーー！」

練習会場に、よく通る女性の声が響き渡った。

指揮台の後ろで、高価そうな薄いグレイのワンピースに真珠色のロングカーディガンを羽織った女性が手を振っていた。

「あの人は？」

「黒瀬《くろせ》まりやさん。アルシュ建設の社長夫人にして……」

光子は一瞬言いよどんだ。

「プロの声楽家」

自称、だが。

黒瀬まりやは光子よりほんの少し年下だが、とても若々しく見える。お金のかかった美容の傑作と言える女性だ。

「いちおう肩書はプロデューサーだけど、スポンサーでもあるし、まあ、実質、アークエンジェルの生殺与奪を握ってる人ね。もっとも、彼女はカネは出すけど口は出さない系、運営方針は全部私たちに任せてくれるし、いい人よ」

「もうすぐソリストの大里峰秋《おおさとみねあき》さんがいらっしゃいまーーす。それまで休憩〜、ねっ」

まりやは持ち前のカリスマ性で場を仕切ると、連れていた二人の男性に指揮者やコンマス、ステージ・マネージャーら数人を交えて何やら話しこんだ。

光子はメガネのブリッジを押し上げ、人相が悪くなることを承知で目を凝らした。

まりやが連れている男性の一人は見覚えがあった。

「あ、安住《あずみ》さんだ」

「え？」

「あの胡麻塩《ごましお》頭の人。ヴァイオリン製作者の安住誠二《せいじ》さんよ。アークエンジェルのオブザーヴァー的な人の一人。私も一度楽器を見てもらったことがあるし、何より、私がアークエンジェルに入れたのはオーディションの時安住さんがプッシュしてくれたからで、私にとってはいろんな意味恩人」

「もう一人の男性は？」

「あの人は……初めて見るわね。なんかすごく……」

いい男だと言いかけてやめた。寂しいおばさんはそんなところばかり見ていると思われたくない。

「すごく……ええと、誰かに似てる気がするけどぉ……だ、誰だっけなあ……なんてね」

「俳優のデューン・スナオカに似てますね」

「あ、そうそう、デューン・スナオカ！」

ものすごくファンで好みだとは言いたくない。

その時、まりやが唐突にオケに振り返って言った。

「あ、ちょっと休憩待って。こちら、今回のラ・ルーシェ大公来日のコーディネーターさんで〜す」

コーディネーターはにっこりと微笑《ほほえ》んで軽く頭を下げた。笑うとますますデューン・スナオカに似ている。

「大公殿下からコーディネーターを仰せつかっております。ジュリアン神崎《かんざき》です」

「ぷっ」

「ちょっと、何で君が笑うのよ」

光子は指先で、軽く拓人をこづいた。

「いや〜、なんか、昭和の少女マンガみたいな名前だなと思って」

まあ確かにそうかもしれないが、お前が言うなという話だ。しかし、こやつの昭和の少女マンガの知識も、どうせ母親の、いや、もしかしたらおばあちゃんの蔵書から仕入れた知識だろう。下手につつくと、ジェネレーション・ギャップが浮き彫りにされかねない。

光子は厭味《いやみ》ったらしく小さなため息をつくだけで、何も返さなかった。

神崎がそれを見ていたような気がする。いや、もちろん気のせいに違いないのだが。

改めて休憩が宣言され、まりやは指揮者たちの群れから唐突に一人で抜け出すと、こちらに向かってやって来た。光子は、何も言われるようなことはしていないはずだと思いながらも少しびくついた。が、まりやは光子など存在しないかのようにすぐそばを通り抜けると、席を離れて身体を伸ばし始めた拓人の元に参じた。

「ねえねえキミ、新顔だよねえ？　すごく上手いじゃなーーい？　なかなかイケメン君だし？　まだ学生……だよね？」

「えっ……あ、俺ですか？　ええ、まあ、一応高校生ですけど」

「そっかーーー！　いいねえ！　ウリになるわーーーー！　高校生ってことは、今、夏休みよね？　……明後日《あさって》なんて、出て来れたりするよね？」

「明後日、って……火曜すか？」

「そう！　オリエント急行ホテルで立食パーティに出ない？　あそこのビュッフェは超美味《おい》しいのよーーー！」

「はあ……」

「ちょっとだけヴァイオリン弾いてくれたらいいから。何なら弾くふりでもオッケーっていうか」

「ちょっと待って下さい。黒瀬さん、まさか……」

光子は椅子の上に楽器を置くと慌てて立ち上がった。まさかまりやは、スピットファイアとタコ一《いち》とチャイコンと一八一二を覚えたばかりの拓人に、また一日二日で曲を覚えさせるつもりなのだろうか。

が、拓人と光子の間に滑り込むようにやってきたコンマスが、光子の動きを遮《さえぎ》った。

「実はねえ、明後日、ラ・ルーシェ大公の歓迎レセプションがあるのーーー！」

「は？　誰ですかそれ？」

まりやは嬉しそうに話を続けた。

「土曜日にアークエンジェルと共演する名器、《ミモザ》のオーナーよ。それでねえ、うちからヴァイオリンのアンサンブルを出すことになってるの。第三ヴァイオリンが一人しかいなくてぇ、困ってたところなのよ〜。キミみたいなフレッシュ君がいてくれたら〜、すご〜く助かるっていうか〜、私の中ではもう決定なんだけど」

いつの間にか彼らの周りに集まってきていた弦楽器のパートリーダーたちが、名器《ミモザ》というのは有名なヴァイオリンのことで云々《うんぬん》と、手際よく拓人に説明をした。

「五分くらいの曲の一番簡単なパートを六曲と、ラ・ルーシェ公国国歌のすご〜く簡単なパートだけ演奏してくれたらいいの。何ならホント弾くふりだけでも〜」

「簡単な曲……って言われてもなあ」

「君も聞いたことのある曲ばかりだと思うよ」

コンマスたちが次から次へと口を挟んだ。

「『G線上のアリア』とか」

「『美しく青きドナウ』のショートヴァージョンとか」

「『ユーモレスク』とか」

「あ〜、それ、なんか音楽の教科書に載ってた気がします。ドッレドッレミッソラッソってやつですよね？」

「そうそう、ドッシレッドシッレドッラ」

「ソッソラッソ」

「ドッラソッミ」

「レー」

「そこまでしなくていいです」

「いやあ、つい」

「楽譜はすぐ渡せるから」

「光子さんのをコピーさせてもらうだけだから」

「どれもパブリック・ドメインの曲だからコピーし放題だから」

「タコ一《いち》が一《いち》回目で合わせられる君になら絶対できるから」

「タコ一《いち》に比べたら全然余裕だから」

「うんうん絶対できる」

「初見でもいけるかも」

「そうそう。簡単だから」

「初見はどうか分かんないですけど、明日ちょっと部室でさらえば……」

「はい決まりーーーーー!」

まりやのソプラノが響き渡った。

「ちょっと待っ……」

もう誰も光子の言葉など聞いてはいなかった。というより、最初から誰一人として聞いてなどいなかったのだが。

光子が助けを求めるように辺りを見回した時、ふと神崎と目が合ったような気がした。気のせいかもしれないが、彼は光子に向かって微笑んだように見えなくもなかった。

いやそんなのは願望が見せた幻だ。それ以外の何だと言うのだろう。光子は慌てて目を逸《そ》らそうとした瞬間、神崎は団員たちの間をぬってこちらに向かって歩き始めた。いや、そう見えただけだ。彼はきっとまりやのところに行こうとしているに違いない。が、数秒後、そのデューン・スナオカ似のコーディネーターは、光子のすぐそばにやってきて、それまでに見せたことのない、優しげな微笑みを見せたのだった。

これはまずいやつだ。

勘違いをしないように気を引き締めなければ。

神崎は名前と見た目からして欧系のハーフなのだろう。その上、ヨーロッパの貴族にコーディネーターを任されるくらいなのだから、あちらの流儀やマナーにもなじんでいるはずだ。彼にとっては、優しげな微笑みなど、女性一般に対する社交辞令の一つに過ぎないに違いないのだ！

「失礼します、マドモワゼル」

おいおい。おばちゃん全般は「マダム」でいいはずだ。

「明後日、レセプションがあることはご存じかと思いますが、もしよろしければ、私の枠でご招待させていただいてよろしいでしょうか？」

光子は思わず目が泳いだ。もう光子の周りには誰もいない。彼は明らかに光子に向けて話しかけているのだ。

「え……あっ……あの……ええと、私は……私は、いちおう、その、アンサンブルのメンバーになってまして……」

「そうでしたか！　それはよかったです。では、また明後日お目にかかれますね。

……お名前をうかがってもよろしいでしょうか？」

「あっ……はい、その……音羽光子といいます……」

「ミツコさんはいいお名前ですね！　美しいです。ではマドモワゼル・ミツコ。また後ほど」

返す言葉が何も出て来ないうちに、神崎は来た時と同様、軽やかに去っていった。

もっとも、光子もすぐにこの件については考えなくなった。いや、考えている場合ではなくなったのだ。ソリストの大里峰秋がやってきてチャイコフスキーのヴァイオリン協奏曲の総練習《ゲネラルプローベ》が始まると、例によって光子は他のことを気にする余裕など消し飛んだからだ。

光子はただひたすらチャイコフスキーに集中した。指揮者とソリストとコンマスと楽譜以外この世に存在しないくらいに集中した。集中するあまり、初めてこの曲を弾く拓人が一音たりとも間違えなかったことも、それどころか譜めくりさえ完璧にこなしていたことも、全ての練習が終わって顔を上げて初めて気づいたくらいだった。

それに気づいてどれほど愕然《がくぜん》としたか、自分と比べてどれほど落ち込んだのかは、誰にも知られたくなかった。

第二章　ミモザ

拓人が夕食後に皿を洗っていると、川原稔からテキストメッセージが来た。

川原稔は拓人にヴァイオリンを教えてくれた部活の先輩だ。今年の春に大学に進学して以来、忙しいのだろう、拓人とはたまにメッセージをやり取りするだけで一度も会っていなかった。

――アークエンジェル入ったんだって？

やはりそう来たか。父親から聞いたのだろう。

「はい。なんか行きがかり上、そういうことに」

――ちまちま入力するの面倒だな。出てこられる？

――夕食は？

「今食べたところです」

――スイーツ系でいい？

——それとも、まだ食べられる？

「いえ、そこまでじゃ」

——僕も

——南町の「ジゼル」でおごるよ

「やった。行きます！」

——現地集合で

「ジゼル」は、値段が三桁《けた》のメニューが一つもない高級洋菓子店だ。普段なら拓人にはとてもじゃないが手の届かないところだが、別次元の金銭感覚の世界に生まれ育った川原先輩がおごるというのなら、行かない手はない。

拓人が自転車で乗りつけると、川原はもうすでに桃とクリームが山盛りになったパフェを食べていた。身体にぴったりと合ったサマージャケットは、地味に見えるが、おそらくどこかの高級ブランドか、お仕立てだろう。相変わらずの優男《やさおとこ》ぶりだが、たった四ヵ月ほどで、川原ははっとするほど大人びて見えた。髪は少し染めたのだろうか。

「僕があげた楽器、どう？　調子悪くなってない？」

「ていうか、俺、あれ、もらったつもりないですから。いつか自分の楽器買って、お返し……」

「いいよ。そういうことは気にしないで。当時のレートで百万したかどうかっていう程度のものだから」

　こういうところに別次元が顔を出す。

「僕が気になるのは、あれは古いものじゃないけど、破損歴のある楽器だから、調子悪くなっていないかってことだけ」

「調子はすごくいいですよ。引くぐらいイイです」

「ならいいんだ。で？　どう？　アークエンジェルは？」

「どうって……」

　拓人はメニューのケーキに心を奪われながら、半ば上の空で答えた。

「それなりに緊張はしましたけど……まあ、フツウに」

「フツウに、何？」

「何って……ええと、あ、俺、これいただきます」

　何語《なにご》かも分からない長い名前が言いきれず、拓人はチョコレートの上にナッツや赤いベリーが載ったケーキの写真を指差した。店員は慣れた様子で長い名前を復唱して去っていった。

「フツウにやってきました。なんかヴァイオリンに第一と第二があって、第二だけ弾けばいいらしいんで、何とかなりました」

川原は聞こえるかどうかという声でつぶやくように言った。

「そっか、やっぱり弾いたんだ」

「えっ？」

「で、乗るの？」

「？」

「今回の乗り代は？」

「？？」

「チケットノルマは？」

「？？？」

「それともトラ扱いかな？」

「？？？？」

「ソリストはゲネ本？」

「？？？？？」

「今日は下弾きだった？」

「??????」

「ああ、そういや今日がゲネプロなんだったっけ?」

「???????」

「いや、ごめんね。何でもない。で、どう? 気に入りそう?」

「ええと……だと思います」

拓人はさっきの呪文の部分はまるごと無視することにした。

「曲、どれもすげえカッコイイですよ」

「オケのメンバーのほうは?」

「まだちょっとしか話したことなくて、よく分かんないですけど……でもみんないい人っぽいですよ。ていうか、変わった人が多い感じですけど、そこがカッコイイっていうか」

「で、プルトの相棒はどんな人?」

「プルト?」

「ああ、弦は二人一組で演奏するだろう? その一組のことをプルトっていうんだ」

「へ〜。相方は音羽光子さんっていう人で、美人でしたよ」

「へえ、君の口から『美人』なんて言葉が出るとはね。よほどの美人かな」

「まあ、ひっつめ髪にメガネでほとんどノーメイクで、歳はうちの親くらいでしたけど」

「そうか……それは残念。でも、パートの最後尾を任されるってことは、いい奏者なんだろうと思うよ。最後尾には上手い人を配置することが多い。後ろから不安定な演奏が聴こえてきたら、前にいる奏者たちはみんな不安になるからね」

「そういうもんすかね。確かに、上手い人でした。カッコいいすよ」

「カッコイイ、か。まあ君がそう言うんならそうだろうな」

川原は半ばあきれ、半ば心底嬉しそうに笑った。

「なんか本番の時は、ヨーロッパからすごいヴァイオリンが来るらしいんですよ。二億円とか、もっと高いとかいう話です」

「ああ、《ル・パルファン・デュ・ミモザ》、通称《ミモザ》だね」

「知ってるんですか？」

「もちろん。ヴァイオリン弾きにとってはこの夏一番の関心事だからね」

「そうなんですか……アークエンジェルの人たちもなんかそんな感じのことを言ってましたけど、なんかピンと来ないんですよね。だって、すごいパフォーマーが来日するとかで盛り上がるんなら分かるけど、ヴァイオリンが来るだけでそんなに盛り上がれるもんかなあって……。結局、道具ですよね？　楽器って」

「まあ、確かに道具と言ってしまえば道具だね。だけど、道具であって道具に非《あら》ず、でもある。特にヴァイオリンの場合は」

「へ〜」

拓人はしばらくの間、金縁の皿に盛られたケーキとクリームに集中した。

「小林、君も、アマティやグァルネリ、ベルゴンツィの名前は聞いたことがあるだろう？　彼らは有名だからね」

「え？　え？　何？　今の、彼らって……人の名前ですか？」

「そのレベルか……。まあいい。それじゃ、ストラディヴァリは？」

「ええと……あ、知ってます、多分。音楽の教科書に載ってた気がします。ヴァイオリン作ってた人ですよね？」

「ヴァイオリンという楽器は、三百年ほど前からほとんど形が変わっていないんだけど、そのヴァイオリンの形を完成させたのが、アマティとストラディヴァリ、グァルネリの三人のヴァイオリン製作者だと言っていいだろう。中でもアントニオ・ストラディヴァリの作った楽器……通常、作った人のほうを普通にイタリア語の名前でストラディヴァリ、楽器のほうをラテン語でストラディヴァリウスと呼ぶんだけど、そのストラディヴァリウスは、作られてから三百年経っても、未だにそれ以上の音色の楽器が現れていないと言われるほどの出来栄えで、もう五億円、十億円という値段がついているものもあるんだ」

「へ〜」

「もっとも、実際にストラディヴァリウスを聴いてみると、その音色には、ある種、古色蒼然《こしよくそうぜん》とした趣《おもむ》きがある。多分、皆が想像するのは、どの音域も輝かしく朗々と響きわたるという感じだと思うけど、実際のストラディヴァリウスはもっと古楽向きの音色だ。弓を返す時に音がかすれることもままあるし、現代の大きなホールで演奏するにはパワー不足なこともある。それに、コンディションのいいストラドもあれば、もうそろそろ現役を引退させてもいいんじゃないかというストラドもある。誰も表立ってストラドの音色を批判したりしないけどね。自分に見る目、いや聴く耳がないと思われたくないから。そしてコンディションのいい楽器でも、扱いが難しいものが多い。世界中を演奏旅行する奏者の中には、気候の変化にストラドが耐えられないので別な楽器を持ってゆく人もいる。これは《ダ・ヴィンチ》を弾いている中澤《なかざわ》きみ子《こ》さんの言葉だが、『ストラドは二十四時間構わないでいるとヘソを曲げる』そうだよ。女王様なんだ」

「へ～。面倒っすね」

「まあね。しかしそれでも、あの独特の倍音を含んだ音色を再現しようと、この三百年の間、何千何万というヴァイオリン製作者たちが試行錯誤してきたけれど、どうしても出すことができないでいるのも事実なんだ。

とはいえ、ストラドだけがいいヴァイオリンというわけじゃない。世の中には、また違った魅力、違ったいい音色を持った楽器がたくさんある。有名な楽器に何億円という値段がつくのは、楽器の優秀さだけが理由じゃない。有名ということで、演奏家じゃないコレクターや投資家たちまでもが買おうとするからだよ。ストラドだけがいい楽器なんじゃない。実際、ヒラリー・ハーンはグァルネリの有名な楽器《カノン砲》のコピー楽器を使っている」

「あ～……先輩が何が言いたいのか、うっすら分かってきました。アインシュタインだけが天才じゃない、ってことですよね？」

「その通り。ほかにどんな天才がいようとアインシュタインの業績がかすむわけじゃない。だけど、アインシュタインと同程度の天才がいないというわけでもなければ、アインシュタインと同程度の業績が存在しないわけでもない。それと同じことだよ」

川原は一息つくと、紅茶のおかわりをゆっくりと飲んだ。

「さて、では話を《ミモザ》に戻そう。何故《ミモザ》の来日が――少なくともクラシックファンに――注目されているのか、だ。それには、大きく分けて二つの理由がある。一つは一般受けのする、ちょっと都市伝説的な理由。そしてもう一つは、より専門的な、僕たちヴァイオリン弾きが魅了される理由だ」

「一般受けする理由のほうを教えてください」

「専門的な理由はこうだ」

川原は拓人の言葉を完全に無視した。

「まず前提として、ストラドのようなオールド・ヴァイオリンは、一〇〇%オリジナルの状態のものは存在しないと言っていい」

「えっ、そうなんですか？」

「そう。少なくとも、今現在演奏されている楽器はどれも、後世に修理や補強、ニスの塗り直しがされている。そうしないとさすがに現役ではいられないんだ。だから、オリジナルではない部分があったとしても、それが楽器としての性能を損なっていない限り、価値的なマイナスになることはない。

特に、当時と現代で最も大きな違いは、指板とネックだ」

「ネック」はヴァイオリンをよく知らない人でも分かるだろう。ギターと同じ、演奏している時に左手がいる場所、胴体とヘッドの間だ。「指板」はもう少し説明が必要かもしれない。左手の指で弦を押さえる、あの黒い板のことだ。ギターの場合はフレットが並んでいるが、ヴァイオリンやチェロなど、現在オーケストラで使われる弦楽器の指板にはフレットがない……ということぐらいは拓人にも分かってきた。

「十八世紀が終わるくらいの頃になってくると、ヴァイオリンはより響く音、広い音域、超絶技巧の演奏に耐えられる強さが求められるようになってくる。十九世紀になると、古いバロック時代の楽器に、より長いネックを付け替えるようになるんだ。まあ長いとは言っても、数十ミリ程度だけどね。でも、全長が六〇センチ弱の大きさしかないヴァイオリンにおいて、数ミリの違いはとても大きいからね。

さて、ここまでが前提だ。《ミモザ》の最大の特徴は、オールド・ヴァイオリンでありながら、一〇〇%オリジナル、ネックの付け替えなしでモダン楽器として使えるということだ。さすがに指板は十九世紀末のものだそうだが、指板はある意味消耗品だから、指板がオリジナルでないことは、ネックがオリジナルであることに比べたら、まったく無意味と言っていいほど取るに足りないことなんだ」

「へ〜。なんか全然ピンと来ませんけど……」

川原はエンジンがかかったのか、拓人のやや退屈そうな反応に全く動じず、後を続けた。

「《ミモザ》はグァルネリの弟子スクロラヴェッツィによって作られた楽器で、ちょうどオールド・ヴァイオリンの時代が終わりかけた頃のものなんだ。ニスは金色がかった黄色系、グァルネリ型で、やや大ぶり、最大の特徴は、今言ったように、最初から長いネックと強い内部構造を持っていることだ。ここ五年ほどの文献的研究によって、スクロラヴェッツィは神聖ローマ帝国からの注文が多かったこともあって、ドイツ語圏の音楽動向をよく知っていたことが分かって来た。そういう影響もあって、より広い場所でより技巧的な演奏をすることを前提とした楽器を模索し始めたらしい。もっとも、スクロラヴェッツィ作の楽器で内部構造が強いだけではなくネックが長い楽器は、今のところ《ミモザ》を含めて四挺《ちょう》しか確認されていない。しかし残念なことに、《ミモザ》以外はどれも何らかの形で後世の手が入ってしまっている。指板以外はまったくオリジナルのままというのは、彼の作品の中では今や《ミモザ》だけなんだ。

……退屈そうだね。それじゃもうそろそろ、《ミモザ》が注目されることの、大衆受けする理由を教えよう。

《ミモザ》の保存状態が良いことの最大の理由は、《ミモザ》が完成した時から今日まで、ラ・ルーシェ大公家の世襲財産だということにある。

それはそうと、そもそも君は、ラ・ルーシェ公国を知っているかな？」

「テスト勉強程度には。ヨーロッパの小国……ですよね。今日、あっちで話聞くまでは、社会の副読本でしか見たことなかったです。モナコとかみたいに、F1やってるとか、そういうの、確か、無いですよね？　地味というか……」

「確かに。ラ・ルーシエ公国はフランスとイタリアの国境に位置する小さな国で、面積はモナコの二倍弱だ。リゾートとIT企業の優遇で成り立っている。決して貧しい国ではないが、モナコみたいにリッチでもない。知名度もかなり低い」

「県の魅力度ランキングの茨城とか栃木みたいな感じですか？」

「それは言い過ぎだ。大公家は、その筋では代々音楽愛好家として知られ、作曲家や演奏家を支援している。作曲家では、有名どころではフォーレやメサジェ、ヴィエルヌ、チャイコフスキー、ヴィエニャフスキ、ブルッフ、レーガー等の無名だった時代を支えたことがある」

拓人は最後の呪文の部分は聞き流した。

「音楽の伝統のある大公家なんだ。代々の当主も、自分自身が何らかの形で演奏の趣味を持っている。そういうわけで、《ミモザ》も、はっきりした記録は残っていないが、十八世紀後半にまず間違いなくラ・ルーシェ家によって発注され、そのまま同家に所蔵されてきた。それは楽器にとってもいいことなんだが……しかし実は、二十世紀の両大戦間に起きたラ・ルーシェ家の相続問題で、残念なことに一時期死蔵されている。数十年間誰も弾かずに金庫に眠っていたらしい」

「まあお金持ちの家ではあるあるなんでしょうね。でも、それってなんで残念なことなんですか？　弾かなかったら傷《いた》まないわけだし、古いことに価値のあるヴァイオリンにとってはむしろいいことなんじゃ……？」

「そういうわけにはいかないんだ。楽器というのは不思議なもので、弾かないでいると音が悪くなる。物理的には、振動に慣れさせた物体のほうが振動しやすいとか、いろいろ理屈は考えられているんだが、どうも理由がはっきりしない。むしろオカルトの領域なんだけど、楽器は演奏しないとへそを曲げる。これは弦楽器に限らず、ピアノでも管でも打でも、電子楽器でも、どういうわけかそうなんだ。ことにオールド・ヴァイオリンは、へそを曲げた期間が長すぎると、また本来の音色を取り戻すまでに何年も、場合によってはそれこそ何十年もかかることがある。元の素晴らしい楽器に戻らないことさえある」

「確かにオカルトですね」

「でも君もいつか分かると思うよ。ヴァイオリンを弾き続けるのならね」

「で、その相続争いってどうなったんですか？　正直、やっと面白くなってきましたけど」

「一九七〇年代に、現当主の先代が大公位に着くことで相続問題も決着した。先代は楽器や絵画や学術書を手放さないために、貴金属や宝石はほとんど放棄したと言われている。それはともかく、《ミモザ》は晴れて金庫から出されることになった。それ以来、先代大公と、当代大公と、選び抜かれた一流演奏家たちが《ミモザ》を弾いている。七〇年代末から、普段はラ・ルーシェ公国の歴史博物館に展示されて、大公本人や演奏家たちが来館者相手にコンサートをしていた。

でもまあ、八〇年代は、《ミモザ》は名器というより、骨董《こっとう》的価値のほうが重視されていた。死蔵で音色が落ちたのもあるだろうけど、それ以前に、扱いの難しい楽器で、そんなにものすごく音のいい楽器というわけではなかったんだ。スクロラヴェッツィの作品の中ではあまり重要視されていないどころか、失敗作かとも言われることさえあった。が、そこで、だよ、逆転劇が起きる。

一九九四年、イタリアのヴァイオリン製作者にして修復家のレーヴィが《ミモザ》をオーバーホールしたんだ。オリジナルのパーツと十九世紀の指板は全て残しての微調整だったというけど、このレーヴィの調整によって、《ミモザ》はついにその真価を発揮した。グァルネリ型の楽器らしく低音が良く響き、高音のハーモニクスに至るまでその芳醇《ほうじゅん》さが失われない、まさしく《ル・パルファン・デュ・ミモザ》の名の通り、香り立つような音色を放ったんだ。ちなみに、この《ル・パルファン・デュ・ミモザ》という愛称は、この頃、巨匠ヴァイオリニストのジャン＝ルイ・イヴェールによって名づけられたものだ。御大、すごくいい名前をつけたもんだと思うよ。名器には名前がついてるものだけど、たいていは元の持ち主の中の有名人とか、音色を音で喩《たと》えるような名前ばかりで、音色を香りに喩えたネーミングは、僕は《ミモザ》の他に知らない。

ところで今日、父に聞いたんだけど、マダム黒瀬が安住誠二を連れてきたんだって？」

「ああ……そう言えば。俺の隣の、音羽さんっていう人が安住さんのこと言ってました。ヴァイオリン製作者で、アークエンジェルのオブザーヴァー的な人だとか」

「やっぱり安住誠二は食いついてきたなと思ったよ。安住の独立したヴァイオリン製作者としてのキャリアは、九〇年代にスイスのヴァイオリン製作コンクールにスクロラヴェッツィの楽器の完コピを出したところから始まっているからね」

「ちょ……何ですかそれ？　ニセモノ提出するとか……」

「言うと思ったよ」

川原は心底楽しそうに笑った。

「ヴァイオリン製作の世界ではね、名器のコピーを作るのは当たり前なんだ。もちろん、コピーであることも、現代の製作者の手になるものであることも、ラベルなどではっきりさせなきゃいけないけどね。完成された名器に学ぶんだ。優秀なヴァイオリン製作者は、優秀なコピイストであることがほとんどだ。逆に言うと、ヴァイオリンという楽器はあまりにも完成され過ぎているので、完全オリジナルで優秀な楽器を生み出すことはもうできないと言ってもいい。ヴァイオリン製作コンクールの多くには、コピー部門がある。安住が参加したのは、そういうコンクールさ。ちなみに、安住はそのスイスのコンクールで、スクロラヴェッツィの《レディ・テリーザ》の完コピを提出して優勝したんだ。そういう人だから、《ミモザ》に少しでも近づけるチャンスに飛びついてきたんだろうと思うんだ」

「へ～。それで黒瀬さんにくっついて来たんですかね」

「多分、本番の日にも現れると思うよ。

まあそれはともかく、だ。さて、ではお待ちかね、いよいよ《ミモザ》が注目されることの大衆受けする理由のほうに入ろう」

拓人は我知らずのうちに身を乗り出していた。

「《ミモザ》は一九九六年に一度、アメリカに渡っている。この時、アメリカの広告代理店が考えた手法で、莫大な保険金がかけられて話題になったんだ。評価額は当時のレートで一億二千万円相当だった。当時はストラドでもそのくらいの価格帯だったから、国際的にはまだほとんど無名の楽器にストラド並みの保険金をかけたってことになる。

それで一躍有名になった《ミモザ》だけど、一九九九年まではラ・ルーシェ公国の博物館に展示されていて、頻度はどのくらいだったか僕は知らないんだけど、大公やプロの演奏家たちがコンサートで弾いていた。

さて、ここで事件が起こる」

川原は効果を狙ったように、少し間を置いた。

「《ミモザ》は一九九九年、盗難に遭っている……らしい」

「らしい、ってどういうことです？」

「それがね、博物館の警報装置に細工がされていて、館内は荒らされ、《ミモザ》のガラスケースが割られて、《ミモザ》が消えていた。この時、どうやってやったのか知らないけど、フランスやイタリアの新聞が現場の写真を撮っている。僕らが生まれる前の話だから、昔は報道も今とあり方が違ったのかもしれない。何にしても、《ミモザ》が盗難に遭ったことは一目瞭然だった。当初はラ・ルーシェ大公も、警察権を委《ゆだ》ねているフランスに盗難届を出したらしい。

が、二週間後、ラ・ルーシェ公国は盗難届を取り下げて、盗難説を否定し始めた。そして、また《ミモザ》を博物館に展示し始めたんだ。もちろん誰もが驚いた。大公は《ミモザ》の展示再開を数週間続けた後、警戒してか、展示は取りやめた。しかし、月に二回だったか毎週だったか、定期のコンサートは続けた。世界中から、著名な演奏家がラ・ルーシェ公国にやってきて公開のコンサートで《ミモザ》を弾いた。演奏家たちはみな楽器を賛美したし、実際に弾いた者たちは誰もそれを偽物だとは疑わなかった。

でも、やっぱりと言うべきか、今でもあの《ミモザ》は本物じゃないという説がある。唯一、楽器の真贋を判定できるだろうレーヴィはその頃はもう亡くなっていたしね。盗難事件自体が大公が仕組んだ話題作りのための狂言だという説さえある。しかし、盗難直後の大公の様子がただ事ではなかったから――何しろ、まだ三十代前半で既往歴がなかったにもかかわらず心臓発作を起こして、フランスの病院に緊急搬送されたんだ。実は、その緊急搬送がきっかけで事件が世間に明るみに出たくらいだった。なので、大公が心底衝撃を受けたのは事実だ。当時ご存命だった大公妃も、一気に老けこんだ姿をパパラッチに撮られている。

大公はその後も、ことさら目立った行動は取っていない。心ある音楽好きが《ミモザ》の音色を楽しんでくれればそれでいい、それ以外の人にはむしろ《ミモザ》のことは忘れて欲しいと、何かのインタヴューで言っている」

「どうなんですかね……盗まれたのは事実で、すぐに犯人と交渉して身代金を払ったとかじゃないですか？」

「もちろんそういう説はある。しかし、ラ・ルーシェ公国の財政事情を調べ上げて、身代金にできるような資金は捻出できなかっただろうというレポートがある」

「でなきゃ、犯人が何らかの理由で返却してきたとか」

「何年も経ってからだったらあり得る。何しろ、ヴァイオリンはたとえストラドといえども、実は宝石や絵画に比べると、非常に売りにくい盗品だ」

「どうしてですか？」

「本物かどうかが証明しにくいからだ。例えば僕が今、これがストラディヴァリウスの本物だと言って一挺《ちょう》の楽器を持って来たとしよう。どうやって証明する？」

「うーん、それは……ああそういえば、ヴァイオリンって内側に小さい紙のラベルが貼ってあったりするじゃないですか。それを見せるとか……」

「ストラドの本物は、実はラベルがないことが多い。あっても、後世に貼られたものだったりする。ましてや、ラベルなんか楽器そのものに比べれば偽物を作り放題だ。音を聴く？　限りなくストラドに近いいい楽器もある。かつてアメリカのラジオ局が、トッププロのヴァイオリニストたちに楽器の音の聴き当てをさせたことがあったが、実は誰もストラドを言い当てられなかったんだ。見た目で判断する？　それができたら苦労はない。古今東西、幾多の目利きディーラーがストラドの偽物に騙《だま》されている。化学分析をする？　そのためには、本当にストラドかもしれない楽器を削って試料を取らなければならない。それ以前に、たとえストラディヴァリの時代の木と科学的に証明されたとしても、それはストラドそのものの証明ではない。

　実際、ピエール・アモイヤルというフランスのヴァイオリニストが所有していたストラド《コハンスキ》は、一九八七年にイタリアで盗難に遭ったんだけど、四年後の一九九一年にトリノで発見されている。犯人は、盗んだはいいが、楽器が有名過ぎたから転売できなかったんだ。同時に、それが本当に《コハンスキ》であることを証明するのは難しい。それが絶対に本当に《コハンスキ》だと確信できるのは、アモイヤル自身か、《コハンスキ》を調整したことのある職人か、それまでに《コハンスキ》と密接にかかわったことのある目利きだけだ。《ミモザ》の場合も、もし犯人が返してきたか奪還に成功したのなら、ラ・ルーシェ大公はなぜその旨の発表をしなかったのだろう。今まで展示してきて盗まれた楽器が実は偽物だったとか、盗難騒ぎの後に《ミモザ》として一流演奏家たちに弾かせている楽器が偽物だとか、疑われたくはないはずだ」

「それって、結局真相はいまだに不明ってことですか？」

「その通り。事件後に《ミモザ》を弾いた演奏家たちは、これは間違いなくオールドの名器だと言うし、フランス警察は盗まれたのが本物で、今大公の手元にあるのは違う楽器だという姿勢を崩していない。保険会社は、保険金を払わなくて済むならそれに越したことはないと思っているようだ」

「それにしても先輩、詳しいですね」

「ああ、週末に《ミモザ》についての本を読んだだけだよ。アメリカのジャーナリストが書いたもので、いくらかイエロージャーナリズムがかっているけど、おおむね事実は網羅しているという評価の本だ。翻訳はないけど、日本でも電子書籍で簡単に手に入るし、さして長くもない本だから、君も読んでみるといい」

そこまでの興味はないし、語学力もない。

「あ、でも俺、一つだけ、盗品の有名楽器の売買が成立するパターンを考えちゃいました」

「何？」

「最初から買い手が決まっている場合ですよ」

「なるほど。頭いいね……と言いたいところだが、そのパターンにも落とし穴はある」

「何ですか？」

「買い手が、目の前に差し出されたその楽器が本物かどうか、確信しきれないことだ。理由はさっき言った通りだ」

「うっ……それは……」

拓人は抽出されすぎて濃くなった紅茶を飲み干した。

川原を出し抜くのは難しい。と言うより、拓人には不可能だった。

いや……待てよ。あと一つ……

「もう一つ思いつきましたよ」

「言ってごらん」

「盗んだ本人が、その楽器を欲しいと思っている場合、ですよ」

「ご名答。実際にそのパターンだったろうと考えられているケースは存在する。ストラドの《ギブソン》は、一九三六年に持ち主のヴァイオリニスト、ブロニスラウ・ウーベルマンの楽屋から盗まれた。五十年後に、ある酒場のヴァイオリン弾きが臨終の告解で、その盗まれた楽器を持っていると告白したんだ。アルトマンという男で、彼はその楽器を安く買ったと言っていたが、現在、《ギブソン》を盗んだのはアルトマン本人だろうと目されている。《ギブソン》には一生働かずに暮らせるような高額な懸賞金がかけられていたんだが、アルトマンは、懸賞金で貧乏から抜け出すより、貧乏でもストラドとひっそり暮らすことを選んだわけだ。その《ギブソン》は今、アメリカのヴァイオリニスト、ジョシュア・ベルが所有して弾いている」

「へ〜。なんかみんな頭おかしいとしか思えませんけどね。不気味というか」

「ヴァイオリンの名器には人を狂わせるくらいの魔力がある。僕だって、もしストラドが一生僕のそばにいてくれるのなら、僕がこれから積むべきキャリアとか、うちの財産とか、みんな捨ててしまうかもしれない。君くらい平気で殺すかもしれないよ」

川原はふっと笑った。

「俺は死ぬくらいだったらストラディヴァリウスくらい先輩にあげますよ。面倒くさい女王様な楽器なんて、俺はむしろ勘弁ですね」

「君だって、このままヴァイオリンを弾いていれば、ある時突然、この気持ちが分かる時が来るさ。来てしまうんだ。でも今の君から見たら、ラ・ルーシェ大公も頭のおかしい連中の一人だろう。

不思議なのは、あれ以来、国外には一度も持ち出されたことのない《ミモザ》を、何故か今回、大公が突然日本に持って来るということだ。《ミモザ》を守りたいのなら、大公の居城から持ち出したりすべきじゃない。何だってまた莫大な保険金をかけてまで日本に持ってくるのだろう？　大里峰秋に弾かせるためだと言うが、大里はラ・ルーシェで《ミモザ》を弾いているし、フランスやイタリアにも何度も行っている演奏家だ。大里を呼び寄せるほうが、保険金が必要な楽器を移動させるより簡単なくらいだ。

しかも、共演するオーケストラはアマチュア・オーケストラだ。何もかも謎だらけだ」

「まあ、オケがアマオケなのは、プロのスケジュールが押さえられなかっただけじゃないかってアークエンジェルの中の人たちは言ってますけどね。でも、それにしても、まだ実績もない寄せ集めオケに頼むのもへんな話ですよね。去年の年末くらいに来日の話が持ち上がって、それを目玉にしてオケを集めたって聞いてますけど、それなら、時間的には来日まで七、八ヵ月あったわけだし……どっか共演してくれるプロオケ、一つくらいあったって不思議じゃないんじゃないですか？　プロオケがムリだったとしても、そんだけ時間があったなら、新しいオケを作るより、実績のある有名どころのアマオケを捕まえるほうがよっぽどマシだし、できたはずだと思うんですけど……なんか……何なんですかね」

「よっぽどマシ、か」

川原は店員に目配せをすると、店員は店の内装に合わせて幾何学模様——確か、アール・デコとかいう様式らしい——で縁どりされた盆に小さなファイルを載せてやって来た。川原はその中をちらりと見ると、スマートな仕草でカードを挟んで返す。拓人が時計を見ると、親との約束の門限が迫っていた。川原はそれも見切っていたようだ。川原はサインを済ませると、ジャケットの襟《えり》を少し直した。

「何にしても、土曜日のコンサートは楽しみにしているよ。君は……出るんだっけ？」

「なんかそうみたいっすよ。今日やったみたいにやればオッケーらしいです」

それは頼もしい、と最後に一言だけ言うと、川原は初心者マークのついたドイツ車に乗って、カッコよく去っていった。

第三章　二重密室と電子錠

新宿御苑《しんじゅくぎょえん》を見渡す位置にあるオリエント急行ホテルのバンケットホールは、百二、三十人の立食パーティ会場としては広すぎも狭すぎもしない感じだった。ラ・ルーシェ公国は外交もフランスに委託しているので、日本にも大使館というものがない。レセプションに出席する関係者も、それほど多いわけではないのだ。

会場の内装も豪華過ぎずシンプル過ぎず、和のテイストを取り入れたモダンといったところだった。小さめのクリスタルを無数に下げたシャンデリアは華やかながら奥ゆかしさもあり、壁面の間接照明には組み子があしらわれ、落ち着いた色合いの赤絨《じゅう》毯《たん》には七宝文様《しっぽうもんよう》がちりばめられている。

「それじゃ、一応手順を確認しま〜す」

レセプション用のヴァイオリン・アンサンブルでもリーダーを務めるコンサートマスターの島田朗奈が、他の五人の奏者の注意を引いた。

「来客の入場が始まる前に私たちは待機していられるようにします。で、来客の入場が始まる頃に演奏を始めます。曲は『G線上のアリア』、『カノン』、『アイネ・クライネ・ナハトムジーク』、『美しく青きドナウ』、『ユーモレスク』、『ジュ・トゥ・ヴ』の順で演奏します。それでだいたいレセプションの開始時間になります。私たちはそのまま待機。ラ・ルーシェ大公がご来場になって、コーディネーターの合図をもらったら、ラ・ルーシェ公国国歌を演奏します。国歌演奏の前後の邪魔にならない時間に子供たちのアンサンブルが楽屋に入って準備をしていることになっているので、子供たちと入れ替わりに私たちは楽屋に退場、楽器を置いてまた会場に戻ります。多少手順が変わるかもしれませんが、コーディネーターさんの合図があるから大丈夫です。子供たちが演奏の後楽屋に楽器を置いて来たら、大公が子供たちにプレゼントを渡して、ご自分でもヴァイオリンを弾かれます。この時の大公の演奏は表向きはサプライズということになっているので、いちおう、何ていうか、それなりに驚いた感じで拍手して下さいとコーディネーターが言ってました」

そのコーディネーターとは、あのデューン・スナオカ似の神崎のことだ。

「この時大公が弾く楽器が《ミモザ》です。会場の二か所の出入り口も、会場の中の、ステージの裏手にある楽屋の出入り口ももものすごく厳重に警備されるそうです。

特に楽屋には《ミモザ》を置いておくので、みなさんもあまり不要な出入りはしないで下さいとのことです」

バンケットホールは平凡な長方形で、片方の長辺は壁、もう一方の長辺の二か所に廊下への出入り口がある。そして短辺の片方には窓、もう一方の短辺にはステージがあり、その裏に楽屋として使用できる部屋があった。その楽屋への出入り口は一か所。楽屋から会場を経由せずに直に廊下や外につながるような出入り口はない。まあ確かに、この三か所をがっちり警備しておけばいいのは確かだ。

「それじゃ、楽屋にケースを置いて戻ってきて下さい」

島田と他の五人の団員たちは、八畳ほどの広さ――いや、狭さと言ったほうがいいだろうか――の楽屋に入ると、部屋の片側の壁沿いに二つくっつけて置かれた会議用のテーブルにそれぞれの楽器ケースを置いた。隣の壁際のテーブルには、ダブルデッカー、つまり二挺の楽器が入るヴァイオリン・ケースが六個、並べられている。あれが安住工房から持ち込まれたレンタル用の楽器なのだろう。

子供たちのアンサンブルは総勢十一人、ソリスト一人とアンサンブル十人で構成されるという。大人と同じサイズの楽器を弾き始めたばかりの小学校五年から六年生の子たちだ。彼らは黒瀬まりやが運営する音楽教室の生徒たちで、その中でも、レンタルの楽器を使って学んでいる、経済的には決して有利とは言えない立場の子であるらしい。お金持ちの趣味と思われがちなヴァイオリンだが、楽器をレンタルすることでさほど経済的な負担なく始めることができる。その成果を見せるという趣向なのだ。

子供たちは今、教室の講師が引率してホテルの一室で待機しているはずだ。そして、ラ・ルーシェ大公が登場する頃、楽屋に並んだあの楽器を受け取って会場に現れ、演奏することになっている。みなそれぞれ自宅にレンタル楽器を持っているが、今回は全員、安住がアンサンブル用に音色を調整した楽器を使うことになっている。正直、全員がソリストを目指せるような腕前なわけではない。せめて楽器で底上げしてやりたいという安住の提案であるらしい。

そして楽屋には、もう一つの楽器ケースがあった。

一隅に置かれたテーブルに一つだけ載っている、普通のヴァイオリン・ケースより一回り以上大きい——しかしヴィオラのケースほど大きくはない——合金製のものだ。何やら得体の知れないロックらしきものがついている……。あれが、いやまさか、いや、間違いなくそうだろう。あれが名器《ル・パルファン・デュ・ミモザ》だ……

団員たちもそれに気づいていた。互いに不安そうに顔を見合わせる。こんなところに置いておいてもいいものなのだろうか。それはまあ確かに、会場の出入り口も楽屋口も、複数の警備員によって守られている。そうと知って《ミモザ》に何らかの手出しをしようというほど阿呆な団員はいないし、子供たちもそのくらいはわきまえているはずだ。そう考えれば安全なのだろうが……しかし、警備うんぬんの問題ではない。二億円超の楽器が自分たちと同じ楽屋にあるということ自体が落ち着かない。

「あれ……だよね？」

第二ヴァイオリンの望月祥子《もちづきしょうこ》が、やけに声をひそめながら言った。

「やっぱりそうよねえ……」

島田もつられて声をひそめた。何となく、大声で話題にしてはいけないような空気感があるのだった。

「まいったな〜。なんか、どこかもっと隔離されたところに置いといて欲しいのが本音だよな〜」

「でもプロの奏者で数億円のストラドなんか使ってる人も、普通に持ち歩いて普通に楽屋に置いといたりするよね」

「飛行機乗ったりね」

「自宅に置いとくのも緊張しそうだけど」

「いや弾くの自体緊張しそう」

「私は触るのもムリ」

「正直、人が弾いてるの見るのもコワイ」

「やっぱり、そのくらいできる精神力がある人じゃないと名器は扱えないってことだよな」

「でも、《ミモザ》のすぐ近くにいられるのって、ちょっと嬉しい」

皆で一通りこそこそとささやき合った後、何となく音も小さめで調弦を済ませると、光子たちはステージに向かった。

曲は今までに音楽ボランティアで何度も演奏したことのあるものばかりだった。半月ほど前にもほぼ同じプログラムをショッピングモールで弾いたばかりだ。そう難しい曲もないし、弾き慣れている。何もかもいつも通り……ではなかった。今回は、今までずっと一人で第三ヴァイオリンを弾いてきた光子に新しい相棒がいるのだ。たった一日さらって、合わせの練習を一度もしていない小林拓人……。島田たちは、初回でタコ一《いち》もチャイコンも弾ききった拓人を信用しきっているらしく、合わせ練習の提案さえしなかった。

しかし、自他共に認める心配性の光子はそうはいかない。本当にこれでいいのだろうか。簡単な小品の第三ヴァイオリンとはいえ、小さなアンサンブルは時として大きなオーケストラよりもリスクが高い。一人一人のささいな失敗が目立ってしまうのだから。

とはいえ、もうやるしかなかった。そう言えば、いつもと違うことがもう一つあった。それも、慣れているはずの曲の演奏に微妙に緊張をもたらしていた。今回のレセプションでは、楽団員も裏方ではなく、普通にレセプションの招待客としてカウントされるとのことで、服装はステージに立つ時のような蝶ネクタイや黒ドレスではなく、「平服で」とのことだった。

平服……これがなかなか難しい。いかに建設会社主催の立食とはいえ、ヨーロッパの君主のレセプションだ。こういう時はどうすればいいのだろう。王侯貴族のパーティなんかの経験がある人間は（少なくとも光子とその周囲には）いなかった。結局皆で相談し合った結果、拓人は制服、男性はスーツ（男性にはこのワザが使えるからい）、女性はおとなしめのワンピースかブラウスにスカートということになった。光子は一張羅《いっちょうら》のブラウスに去年自分で縫ったワインカラーのスカートに、一見水玉に見えるがよく見ると宇宙柄というシルクのヴェストを合わせた。

むしろいつもステージに出る時の格好だったらよかったのに。いや、こんなのはささいな違いでしかない。どうってことはない。本当にささいなことだ。

……いや、もう一ついつもと違うことがあった。日曜日の打ち合わせの時、黒瀬まりやからもう一つ要求されたことがあった。それは、主役たる《ミモザ》と似た黄色系ニスの楽器はご遠慮願いたい、ということだ。六人のうち、該当する楽器を持っているのは光子だけだった。なので光子は、その楽器を買う前に使っていたアンバーオレンジ系の楽器――光子が中学生の時、親戚から譲り受けた価値不明のヴァイオリンだが、アマオケで弾く分には問題のない、そう悪くない楽器――を持ってきていた。これも、最近はあまり弾いていないが、お馴染みの、紛うことなき自分自身の楽器だ。最後に人前で弾いたのはいつだったか……いや、こんなのもささいな違いでしかない。緊張するようなことではない。ない……はず……

会場には早めに着いた出席者たち数名がウェルカムドリンクを手に所在なさげに立っている。多少は彼らの退屈しのぎになるだろうか。全員が楽器を構え、島田が小さな動作で合図を送ると、「G線上のアリア」が始まった。

いったん演奏が始まると、光子はすぐに没頭して余計なことを考えなくなった。隣で同じパートを演奏する拓人がまったく問題なく弾けていることも、いつもと違う楽器であることも、何もかも消し飛んだ。というより、弾いている最中の光子に何か他のことを考える余裕などないのだ。

G線上のアリア、パッヘルベルのカノン、アイネ・クライネ・ナハトムジーク、美しく青きドナウ、ユーモレスク……。順当に弾き進んでゆく。来客も時間とともに増え、最後の「ジュ・トゥ・ヴ」を弾くころには、会場は人でいっぱい——とはいえ実数は百二十かそこらだが——になっていた。

何もかも順調だった。何も問題はない。

はずなのだが……。

光子はいつもの自分の心配性以上に、何かが不安でたまらなかった。

大人の楽団の出番は、この後アルベール公が登場した後に国歌を演奏し、パーティの終わりにもう一度「カノン」を演奏するだけだ。

それだけだ。何も問題が起こりようもないほどシンプルだ。

コーディネーター神崎の先導で、黒瀬夫妻や秘書たちをお供に連れて、ラ・ルーシエ大公アルベールが入場した。彼らは狭いステージ上には上がらず、ラフにステージ前の上手側に立った。国歌演奏。シンプルでメロディアスな、いい国歌だ。これは一分ほどで終わりだった。問題はない。何も。

光子たちはいったん楽屋に楽器を置きに行く。そして黒瀬まりやが挨拶《あいさつ》をしている間に、入れ替わりに子供たち十一人がやってきて、楽屋で安住と助手からレンタル楽器を受け取ってステージに登場する。ヴァイオリンの先生の指導でややたどたどしい音合わせがあり、会場は微笑ましい空気に包まれた。

曲はヴィヴァルディのヴァイオリン協奏曲イ短調の第一楽章だ。この曲のソロパートは、全国レベルのコンクールに出るような子なら五歳くらいでも子供用の小さな楽器で弾きこなしてしまうような、さほどの難曲ではない。だが、ソロ、伴奏共にたいへん見栄えのするいい曲なのだ。

まりやは光子たちには黄色系ニスの楽器を遠慮させたが、子供たちが弾くレンタル楽器は、色調の違いこそあれ、どれも黄色系ニスだった。話が行き届かなかったのか、子供たちにまで遠慮させるような真似はしなかったのか……。まあ別にどちらでもいい。大公は、子供たちのちょっとあやふやなところのある演奏を心底嬉しそうに微笑みながら聴いている。

ラ・ルーシェ大公アルベールは、ネットの写真で見るより生真面目《きまじめ》そうな中年の男性だった。白髪交じりの亜麻色の髪を右分けにし、平凡な銀縁のメガネをかけている。やや顎が小さな面高《おもだか》の顔立ちは、君主というより学者のような雰囲気だ。

「見て。持ち物、ことごとくエルメスよ」

光子は思わず隣にいた島田にささやいた。

一見控えめなファッションだが、スーツはもちろんお仕立て、時計はどうやらグランドセイコーだ。堅実さと日本に対する気遣いが見て取れる。そして、ネクタイもベルトも靴も間違いなくエルメスだ。

まあ別にいいですけどね。

問題はない。何も。

何も……

ああ、だけど、何だろう。この嫌な感じは。何とも言えない不吉なもやもやは。子供たちの演奏後、アルベールは彼らの一人一人に、カラフルな小さい包みを渡した。中身はおそらくヴァイオリンの弓用の松脂だろう。子供たちは楽屋に引っ込んで、安住に楽器を預けてまた会場に戻って来ることになっている。予定としてはその後、子供を夜遅くまで拘束しておくわけにいかないので、大公の演奏の後に少し立食パーティに参加させた後、保護者たちが連れて帰ることになっている。

光子は汗をかいてもいない額を紙ナプキンで軽くぬぐった。何だろう、この不吉な予感。まさか子供たちの誰かが《ミモザ》の楽器ケースを落としちゃったりしないだろうか。どんなに注意していても、往々にして事故というものは起こる。やっぱり

《ミモザ》はギリギリまで大公本人に管理していてほしかった……

が、光子の心配をよそに、司会者の女子アナが喋っている間に、子供たちは先生に引率されて何事もない様子で楽屋から戻って来た。ここでアルベールが今までの演奏へのお礼と来日の挨拶をすることになっている。大公の挨拶はスマートで短く、無難を極めた。無難過ぎて記憶に残らないほどだった。

でもまあ、それはいい。問題はない。何も。

何も。

アルベールの挨拶の最中に、楽屋から安住がそっと会場に戻って来た。

ここから予定されたサプライズだ。アルベールは、それでは私も《ル・パルファン・デュ・ミモザ》で一曲弾かせていただきましょう、と言う。

ああ、神様、もう大公の演奏の出来不出来はどうでもいいです、どうか何事も起こりませんように。

アルベールは自ら楽屋に入ると、ケースを右手に下げて戻って来た。ステージの袖に用意された小卓にそれを置くと、ケースをさっと開ける。

「あれっ、あのケースって、鍵かかってなかったんですか？」

拓人が目ざとく指摘した。

「楽屋で外したのかも」

光子はありったけの知識を動員して言った。何となく、拓人に負けたくはない。

「特殊なロックシステムって、どういう動作でロックを外すのか自体も秘密になるものなのよ」

「なるほど……」

拓人は素直に感心し、光子は少しだけ得意になる。もっとも、その知識は銀行の地下金庫を特別に取材させてもらいましたという類《たぐい》の番組の受け売りなのだが。

が、さっきから胸中を去来する不吉な気持ちは少しもおさまらなかった。

アルベールはケースの中に手を伸ばしたが、ぴくりとしてその動作を止めた。光子は一瞬、彼が中から「お宝は頂戴した」という怪盗のメッセージカードを取り出すところを想像してしまった。アニメかよ。が、彼はゆっくりとした動作で、中から一挺のヴァイオリンを取り出した。しかし、あの表情は何なのだろう。あの戸惑ったような、憮然としたような……

アルベールはヴァイオリンを手にしていた。その予定された動作の中に、何か重大な問題がある気がしてならなかった。間違い探しのような何かが。

「あっ……！　あれ……」

光子の後ろで、望月が小さな声をあげた。その瞬間、光子にも、何が問題なのかがわかった。

そう、あれは《ミモザ》じゃない。《ミモザ》はその名の通り、かなりはっきりとした黄色系ニスの楽器なのだ。だがあのイタリアン・レッドの楽器は……

「それ……私のです！」

望月が思わず声をあげた。そうだ、そう言われてみれば、あれはいつも望月が使っている楽器ではないだろうか。少なくとも《ミモザ》であるはずがない。

アルベールは日本語は分からないはずだが、全体の状況から、望月が自分の楽器だと言っているのが分かったようだった。腑《ふ》に落ちない表情のまま、数歩前に出た望月にそのヴァイオリンを差し出した。

「ちょっとーーーー！　何?!　何なのーーーー?!」

黒瀬まりやの非常によく通る声が響き渡った。まりやははっとして口元をおさえたが、アルベールと望月はぴたりと動作を止めた。

「何?!　何?!　何が起こってるのーーーーー?!」

まりやは望月の傍に駆け寄って小声でささやいた……つもりだったらしいが、ソプラノのピアニシモがオペラハウスの隅々に響き渡るように、叫んでいるのと同じくらいはっきりと聞こえてきた。

「それ……私のヴァイオリンです。間違いなく私のです。中のラベルに、ヨハン・W・ビンダー、一九八八年って書いてあるはずです！」

望月は普段はあまり強く自己主張するタイプではないのだが、今は我が子を守ろうとする母親のように毅然と言い放った。

黒瀬夫妻のそばに、安住とその助手がやってきた。しばらくの間、安住たちは大公秘書の通訳を交えて大公や黒瀬夫妻と何かを話し合っていたが、やがて安住が助手から鞄《かばん》を受け取り、中からなにかを取り出した。

小さな銀色のボディに、太めの毛糸くらいの黒い紐《ひも》状のものがついている。

「あ、ファイバースコープだ。俺、春休みにひどい風邪ひいた時、耳鼻科でああいうの鼻に突っ込まれました」

拓人が言った。その耳鼻科のくだりはいらない。

アルベールはケースを床に下ろし、望月のものと思われる赤色系ニスの楽器を小卓に横たえた。人間で言えば仰向けに寝かせるといったところか。安住が小さなペンライトを灯し、f字孔《エフじこう》から中をのぞき込む。

ヴァイオリン族の弦楽器は、表板に二つの孔《あな》が空いている。イタリック体のfの字に似ているのでf字孔と呼ばれる。ヴァイオリンの製作者は、片方のf字孔から見える位置に製作者のサインを入れたラベルを貼ることが多い。安住は今、それを確かめているのだろう。

やがて安住は、注意深い動作でファイバースコープの先端をf字孔に差し入れ、モニタ画面をアルベールやまりやたちに見せ始めた。全員が頷《うなず》いている。安住がスコープを抜き取ると、アルベールは再びそのヴァイオリンを手にし、望月のほうへ差し出した。

望月は魔物の手から我が子を取り戻したように楽器を抱きしめた。

「ちょっとーーー！　それじゃ、《ミモザ》はどうなったのーーー?!　何なのこれはーーーー！」

再びまりやのソプラノが響いたが、そこに、今までどこにいたのかと思う気配を消した地味なスーツ姿の男性がすっと現れ、まりやに何か耳打ちをしてから、招待客に告げた。

「すみません。警備責任者です。あの、みなさんのヴァイオリンを確認させていただいていいですか？　今こちらに警備の者が全部のヴァイオリンをケースに入れたままの状態で持ってきますので、ステージのほうで、その、みなさんの目の前で全部のヴアイオリンを点検させていただきますので、どうかよろしくお願いいたします」

素人に楽器を持たせるのは嬉しくはなかったが、まあ仕方がない。警備責任者と同じくらい気配を消していた地味スーツの男女がどこからともなく何人もわいてくると、彼らは楽屋に向かい、光子たちの楽器ケースと、安住工房のダブルデッカー・ケースを持って戻って来た。彼らはステージ上の椅子を動かして場所を作ると、そこに楽器ケースを淡々と並べた。ステージはフロアより十五センチばかり高くなっているだけだが、まあフロアに直に置くよりはましだろうか。

衝立《ついたて》の向こうにはもう立食の用意がされているらしく、美味しそうな匂いが漂ってくる。ホールスタッフたちが心配そうにこちらを見ている。

「では、持ち主の方、それぞれのヴァイオリンを出して見せてください。ゆっくり、みなさんに見えるようにお願いします」

誰もが一瞬躊躇《ちゅうちょ》した。もし、まかり間違って自分のケースから《ミモザ》が出てきたらと想像すると、足がすくむ。だが、いつまでもためらっているとそれもまた怪しい。島田がリーダーらしく一足先に前へ出ると、光子たちは恐る恐るその後に続いた。

望月のケースに入っていたのは光子の楽器だった。そして光子のケースには、見慣れない楽器が入っている。安住の助手が、それは安住工房のレンタル楽器だと言った。安住たちがタブルデッカー・ケースを開けてゆく。

アークエンジェルの六人全員が自分の楽器を取り戻し、安住工房も十二挺全ての楽器があると確認した。が、ここで少々問題が起こった。いかにも記憶力のよさそうな研究者然とした初老の女性が、さっき子供たちが弾いていたヴァイオリンは、《ミモザ》とそっくりな黄色系が五挺、やや茶色がかったものが四挺、いくらか赤みに寄ったのが二挺だったと言い出したのだ。

会場はざわついた。安住と助手がその女性の指示に従って楽器を並べてゆく。どれも分類するなら「黄色系」だが、確かに、わずかな差だったが、色調には違いがあった。その中でも、目の利く人間なら《ミモザ》にそっくりだと思う楽器は六挺あった。会場はざわめいた。では、この六挺のうちのどれかが《ミモザ》なのだろうか？

ざわめきの中にははっきりとそう言う声もあった。

「皆さんが何をおっしゃりたいのかは分かります。しかし、これは私たちが持ち込んだ予備の楽器です」

安住はそう言いながら、一挺の黄色系ニスの楽器を取り上げた。

「ちょっと見には他の五挺の楽器と区別がつかないかもしれませんが、私には違いが分かります。何しろ、私の工房で作った楽器ですから。これらのレンタル楽器は全て、あるグァルネリ型の名器を手本として作ったコピー楽器なんです。コピーとはいっても、違法なものではありませんよ。そのあたりのことは説明すると長くなるので割愛しますが、いずれにしても、ここにいらっしゃるほどの方なら、ヴァイオリンの事情には精通しておられるはずでしょうから、説明したとて釈迦《しゃか》に説法《せっぽう》でしょう。

それはともかく、です。では、どうやってこれら全てが安住工房の楽器だと証明するのか。名器のコピー楽器ですから、私は自分の名のラベルは貼っていません。しかし、もし間違ってグァルネリあたりのまがい物として流通するようなことがあってはいけないので、安住工房の証拠は残しています。これは異例なやり方だと分かっていますが、私は表板の裏側に、墨と漢字で製作年月日と、安住誠二作、もしくは安住工房作と書き入れています。表板の裏を見るには、f字孔からファイバースコープを入れれば見ることができます。今から大公殿下と警備責任者、黒瀬ご夫妻にそれをお見せしますので、ご確認いただければと思います。念のため、他の全ての楽器の中もお見せします。時間はかかりますが、そうするのが一番いいと思いますので」

安住は、言葉遣いこそ落ち着いていたが、声音にはどことなく焦りのようなものが感じられた。それはそうだろう。もしも万が一、自信をもって自分の工房作だと言い切った楽器に銘がなかったら……？

ホテル側が気を使ったのか、楽屋にあったのと同じ会議用の長テーブルが二つ運ばれてきた。安住は警備責任者や黒瀬夫妻、アルベールの前で十二挺のヴァイオリンをその上に並べると、f字孔を傷つけないように気をつけながら、中にファイバースコープの先端部を差し込んだ。

これはなかなか手間のかかる作業だった。招待客たちは、アルベールたちがモニタを見ながらうなずくのをただただ見ているばかりだった。が、ついに全ての確認が終わり、最後の楽器からファイバースコープが引き抜かれた。

「全部安住さんのサインが入ってるわ！　でもちょっと待ってーーー！　おかしくない？　絶対おかしいわよ！」

まりやのソプラノが響き渡る。それはまあ、おかしいのは確かだ。誰もおかしくないとは言っていない。

「だって、最後に楽屋にいたの、安住さんでしょう？　安住さんが一番怪しいじゃない？　安住さんの証明なんて信用できないわ！　その機械だって、なんか細工がしてあるんじゃないの?!」

厳密に言えば、最後に楽屋に入ったのはアルベールだ。だが、彼は《ミモザ》のケースを手にものの数十秒で戻ってきている。まりやが言いたいのは、子供たちの楽器をしまうために楽屋に数分間一人でいた安住が怪しい、という意味だ。皆内心、それは思っていなくもないことだった。が、ここまではっきりと言い放たれると、いっそ清々《すがすが》しい。

「待って下さい、黒瀬さん」

安住が控えめに反論した。

「百歩譲って、私が怪しいとしましょう。だとしても、私がどうやって《ミモザ》のケースを開けたというんです？」

「知らないわよ！　でも、ヴァイオリンの入れ替えとか、細工とか、するチャンスがあったのは安住さんだけでしょう？」

「では、千歩譲って私がやったとしましょう。では《ミモザ》はどこへ消えたんです？」

「そっ……それは……まだ楽屋に隠してあるんじゃない？」

「楽屋のほうは、こちらでヴァイオリンを調べている間にチェックしました」

警備責任者が言った。

「少なくとも、ヴァイオリンのような大きなものを隠す場所はありませんね。壁や床、天井もチェックしましたが」

「でも……！」

まりやはまだ食い下がりたいようだった。が、彼女が何かを言う前に、安住が口を開いた。

「私に言わせれば、むしろ、ちゃんと《ミモザ》が楽屋に搬入されたのかどうか知りたいですね」

「搬入したわよ！　開場の前に、私と保険会社の人と警備会社の人で、楽屋で一度、大公殿下にケースを開けていただいて中身を確認したの！　それからまた鍵をかけていただいたわ！　楽屋は厳重に警備されてたわ！　あの部屋、一か所しか出入り口がなくて、窓もないのよ！」

まりやは次には、アークエンジェルの六人が怪しいと言い出しかねなかった。まあ言われたとしても、そうたいして困ったことにはならなそうだが。

そうこうするうち、警備会社やホテルの関係者と思われる人間の数はどんどん増えていった。やがて制服を着た警官の一群と、私服の男女一組——テレビドラマの伝で言えば、おそらく私服刑事——が現れた。私服の二人はアルベールたちに加わって何かを話しこみ始めた。

警察の指示で、客たちは手荷物検査を受けた上で順次帰されることになった。念には念をということか、それとも警察はヴァイオリンという楽器の大きさを分かっていないのか、子供の小さなポシェットの中までチェックしていた。

大きな道具箱のようなものを持った作業着の数人が楽屋に入ってゆく。鑑識だろうか。そのうちの一人は、安住が持っているのより小型で繊細そうなファイバースコープを持ってこちらにやって来た。再び、そして今度はアークエンジェルの六人の楽器も含めて、f字孔の中を調べることになった。光子たちとしては、楽器を傷つけないでくれれば何をされても困ることはない。潔白かどうとかいう以前の問題なのだから。

その時、人や物の出入りが厳密に管理されたバンケットホールにあったヴァイオリンは、光子たちの六挺と、安住工房のレンタル楽器十二挺の計十八挺だった。《ミモザ》だけが、忽然《こつぜん》と姿を消してしまったのである。

第四章　赤の伯爵夫人

エミリーは茂みに駆け込んだ。ここはどこだろう？　追手の足音は聞こえないが、不安は消えなかった。息が苦しい。薄い絹のドレスは、灌木《かんぼく》の梢《こずえ》になぶられてぼろぼろだった。腕にはうっすらと血が滲《にじ》み、その上に乱れた亜麻色の髪がはらりと落ちる。

息が落ち着くのを待つ間もなく、馬の蹄《ひづめ》の音が聞こえた。エミリーがはっとして顔を上げると、深紅の乗馬服に身を包んだ伯爵夫人イヴォンヌが、白馬の上から優しい瞳でエミリーを見下ろしていた。

どうもこの登場シーンが唐突なのよね……

プリントアウトの紙をめくりながら書き込みを入れていると、両手の先が少しずつ痺《しび》れてきた。ペンから手を離すと、ペンが触れて凹んだ部分の血の気がなかなか戻らない。風呂には入ったばかりだが。光子はエアコンの温度を一度、いや二度上げた。別に冷え性なわけではないはずだが、たまに、もしかしたら冷え性よりやっかいな何かだったりするのだろうか、と不安になることがある。

それだけでもう集中力は途切れた。まあいい。仕事は遅れていない、それどころか、いつも通り前倒し進行だ。仕事は早いよ、私。何しろ、自分では何も作り出していないから。他人の書いた文章を英語やフランス語から日本語に移すだけだから。しかもそれは、高尚《こうしょう》なお文学だったり、厳密さが要求される医薬翻訳だったりしないから。

デスクチェアの背にもたれかかると、ひざ掛けを動かしながらチェアの上であぐらをかいた。身体はあまり柔らかいほうじゃない。でも、ヴァイオリンが弾けなくなるような肩や腰の痛みがないだけありがたく思うべきか。

二十三時五十二分。直感的に電話が来るなと思った十数秒後、固定電話が鳴り始めた。

「リッキー？」

光子がワンコール目で受話器を取ってそう呼びかけると、向こうからはっと息を呑《の》む気配が伝わった。

「……あらやだ、どうして分かったの？　あなたのおうち、ナンバーディスプレイついてないんじゃなかったかしら」

「何となく分かっちゃった」

「いやあねえ。やっぱり女の子の勘は鋭いのね」

「あ〜、気は使わなくていい。おばちゃんで結構」

「ダメダメ、女の子は永遠に女の子よ。自分から辞めない限り、ね」

リッキー……石田《いしだ》力也《りきや》は、光子より二、三歳年下のエージェント兼フリー編集者だ。なんだかんだ言って、付き合いは長い。筋骨隆々の大男だが、光子が手がけるようなロマンス小説の類にはめっぽう鼻が利く。そして、光子の扱いも上手い。

「『赤の伯爵夫人』シリーズ第一作、売れてるわよ」

売れている、とはいえ、それはベストセラーリストに載るくらい売れているという意味ではない。翻訳もののロマンス小説としては元は取れているほう、という意味だ。そのくらいは光子にも分かっている。

「やっぱり光子に頼んでよかった。二作目のほう、どう？　進んでる？」

「そこそこ。今、イヴォンヌがエミリーを助けるところだから、あと一週間もあれば渡せる。……訳するだけだったらね」

「相変わらず早いのねえ。八月中にもらえればいいんだけどね」

「ワタシ的にはむしろ、早く締め切りが来て早くギャラが振り込まれるほうがありがたいなあ。今週と来週、ちょっとヒマ、つまり、入りが少ないのよねえ」

「まあ八月に入る頃はありがちよ。やけに忙しいかヒマか、どっちか。それに、あなた、今度の土曜、本番でしょ？　僕はクラシックとかさっぱり分かんないけど、行くわよ。寝ちゃったらゴメンね」

「いやまあ、そんなのは別に気にしないけどさ……」

力也は電話の向こうで、何かを飲む音を立てた。この時間の彼のことだから、きっといいワインでも飲んでいるのだろう。

「何か言いたげね、光子」

「というか……やっぱり、さ、何ていうか、『赤の伯爵夫人』シリーズは、全体はロマンチックだし、いい具合にセクシーだし、冒険的でもあるんだけど、何ていうか……う～ん、シンプル過ぎるのよねえ」

「英語圏では、シンプルだからこそ売れてるのよ。高い教養のある、すごい読解力を持った人にしか読めないような小説だったら、売れないわ」

「ま～それはそうだけど。そうなんだけどさ。だけど……イヴォンヌに悪者から救われてキメゼリフを言われただけで、エミリーが王子様をさらいに行く時、あんなに大胆でセクシーになっちゃうのって、どうなのよ。日本の読者は納得しないよ？」

「ああ……そこねえ、そこ、あれよ、そのまま薔薇《ばら》園で二人で一夜を明かして、イヴォンヌがエミリーを調教してあげればいいのよ。『ナタリーの惑い』とか『愛、海のかなたに』でやったみたいな百合シーンを足しちゃって。ただし、ソフトにね」

こういう、原作にないシーンを足す話は今までに数え切れないほどあったし、光子はいつもその要求に応えてきた。しかし、抵抗感は完全になくなったわけではない。

「え〜、いいの？　やり過ぎじゃない？」

「いいの。あちらのエージェントとは、それぞれの国の事情に合わせて訳文を操作してもいいっていう契約だから。むしろ、それで日本でも売れるようにしてあげてるんだから、感謝してもらいこそすれ、文句を言われる筋合いはないわね」

「でも……」

「あと、一作目みたいにあちこちにキラキラを盛っといてね。それから、パーティのシーンと、牢獄のシーンと、すれちがいのシーンも盛ってほしいの。これは考え中だから、来週メールするわ」

「……………」

原文があって、元ネタがあって、指示があれば、水増しはできる。でもそれ以上はできない。何故なら、それ以上は創作の領域だから。光子に創作の才能はない。

「光子が今、何考えてるかちょっと分かるわ。でも、弱気になっちゃダメ。デイヴィッド・ダムロッシュが言ってるじゃない。翻訳は創造的な仕事だって。それぞれの時代や文化に合わせて作品を別の言語に翻訳するのは、創造なのよ」

でも私たちがやってることは、もはや「翻訳」でさえない……

ロマンス小説、軽めのビジネス書、スピリチュアル系、自己啓発本、自分とはほど遠いファッションやセレブリティの世界の記事……いくつもの華やかなペンネームを使い分け、いくつもの文体を使い分け、時には主義主張も使い分けて、器用に訳文を生み出してゆく……

ロマンス小説翻訳家の花房美智留《はなぶさみちる》って誰？　海外ビジネス書の専門家勝山《かつやま》ルイザって誰？　ヨーロッパのセレブ事情に詳しいジャーナリスト松坂美智子《まつざかみちこ》って誰？　スピリチュアル・カウンセラーの雨宮《あめみや》さくらって、誰？

東京の名門私立女子大を卒業しました。ヨーロッパに留学もしました。商社で働いていたこともあるし（パートだけど）、出版社勤務も経験あります（学生時代のバイトだけど）。経歴のどの部分を切り取っても嘘ではない。詐称にならない程度の飾りならほかにいくつも持っている。趣味でヴァイオリンを嗜《たしな》むというのも本当。だけど、実態は研究者にもなれずにヨーロッパから逃げ帰って、大学で教えながら本格的な文学翻訳をこなす級友たちとはかけ離れた場所で、こそこそと頼まれ仕事の翻訳をやっている、一介のおばさんに過ぎない。

年に二度くらいは花房や勝山らのうちの誰かに取材の話もあるのだが、しょぼい正体をさらすのは商売上マイナスだと光子も力也も分かっている。そういう話は、エージェントの力也がのらりくらりと断ってくれている。おかげで「彼女たち」の神秘性やイメージは守られる。

今までに何人か——エレーヌ美崎《みさき》や翔田《しょうだ》はるみたち——は、テコ入れのために「引退」した。

いかに華やかなイメージをまとっていようと、「彼女たち」は虚像に過ぎない。

光子自身も似たようなものだ。

言われた通りにやるだけ。

力也から意訳や「超訳」、時には改変を求められれば、言われた通りに書き直す。

ただそれだけだ。

しかし、どんなに力を尽くして完成させても、その仕事はあっという間に消費され、忘れられ、消えてゆく。所詮、大海の一滴なのだ……

「……ねえ、光子、聞いてる？　いい？　イヴォンヌとエミリーの百合シーンはあくまでもソフトにね。エミリーをじらしてじらして優しぃ〜くイカせるの。薔薇園の芳醇な香りに包まれて、ね。肛門に鞭《むち》の柄を突っ込んだりしちゃダメよ」

「はいはい。で、その間、白馬ちゃんはどうするの？」

「馬？　え……そっ、それは……まあ、草が生えてるところでその辺の木につないでおいてあげればいいんじゃないかしら？」

「でも水も飲ませてあげないといけないよね」

「小川が……そばにあるんじゃないかしら？」

「薔薇園で一夜って、虫とか出るんじゃないかなあ」

「そっ、そのくらいは……ううんと、まあ、書かないってことで」

「季節は？　この話、季節が分かんないのよね。夏でもさすがに朝はうすら寒くなるだろうし、第一その薔薇園って誰の？　不法侵入じゃない？　朝、庭師が来ちゃったりしないかなあ」

「そこでリアリズムを追求しちゃダメー！　僕たちは夢を売ってるの。分かる？」

「はいはいはい。……えっ、ダムロッシュって、誰？」

「えっ？」

「えっ？」

「ええと……ええと……え、えらいひとよ。あっそうそう、ええとね、金曜日のことだけど」

力也は無理矢理話題を変えた。

「森田ヒルズのミュージック・フェスタ、どうする？　僕は友達のバインミー屋を手伝いがてら見物に行くけど」

「私はやめとく～。土曜日、本番だし」

「そっか。分かったわ。今日はもう寝なさい。テレビで見たわ。光子、あそこにいたんでしょ？　大変だったんでしょ？」

力也は例のレセプションのニュースを見ていたのだ。そんな様子は見せないが、きっと心配して電話してくれたのだろう。

「声はそんなにへたれてなかったから大丈夫よ。きっと大丈夫。風邪ひかないでね。あなたはいつも地味にキメてるけど、きれいな顔してるんだから、お肌の大敵の夜更かしはしないで。おやすみハニー」

彼は優しさの押し売りはしない。光子にありがとうとか何とか言う暇《ひま》を与えず、そっと通話を切った。

後で検索すると、デイヴィッド・ダムロッシュはハーヴァード大学の偉い人だった。

大海の一滴。そう、大海の一滴……。吹けば飛ぶような、かそけき飛沫《しぶき》。偉大な研究者の先生には想像もつかないような、その一滴の中の分子の一つ……原子の一つ……

しかし、その一滴を待っていてくれる人もいれば、手の中で優しく温めてくれる人もいるのだ……

第五章　フルムーン

昨日、あの後レセプションがどうなったのか、拓人は知らなかった。何しろ学校の制服を着ていたため、未成年なのが一目瞭然で、小学生たちと同じタイミングで早々と家に帰されてしまったからだ。当てにしていた立食ももちろんふいになり、仕方なく途中でハンバーガーを食べて帰った。オリエント急行ホテルの料理は美味しいとさんざん聞かされた挙句《あげく》だったので、落胆も半端なものではない。

その翌日の午前中、少し考えてから音羽光子にテキストメッセージを送ってみた。一応相棒として連絡先は交換し合っていたのだ。光子からの折り返し電話である場所を指定された。野々川南町商店街の最南端にある古民家カフェレストランに来いという。サンライズ商店街にある拓人の家からは、自転車で行けばそう遠くはない。雨模様だったが、レインケープをかぶって行けば大丈夫な程度だ。少しばかり雨が降ったところで、湿度が高くなるばかりでちっとも涼しくはならなかった。

目的地に着いて自転車置き場をうろうろしていると、裏手から現れた青年と中年の間くらいの短髪の男にこっちだと声をかけられた。確かブラスセクションにいた男だ。彼は拓人を裏口から招じ入れると、厨房《ちゅうぼう》の裏手らしきところの土間に入っていった。

古民家カフェレストラン「フルムーン」は、望月祥子の祖父、引退した打楽器奏者の望月祥司《しょうじ》が経営する店だという。雑誌にも何度も取材されたようなお洒落なお店で、表のすてきな店舗には一般の客を入れ、厨房裏の土間はアマオケ奏者たちのたまり場になっていた。土間にはいかにも余り物のテーブルが二つと、デザインがバラバラな椅子が十脚ほど、一隅には古めかしいストーブやへたれたソファがあった。金色の招き猫や蝶の標本、山の写真、何十年も前にどこかの観光地で買って来たと思しき謎の置物が、飾ってあるとも放置されているともつかず、そこかしこに置かれている。

ソファには音羽光子と、ほっそりとして姿勢のいい老人が座っていた。

老人は望月祥司、金管の男は、フリーエンジニアでトロンボーン奏者の久保田《くぼた》和志《かずし》だった。

「あの後？　そりゃもう大変だったよ～」

光子が昨日より疲れた声を出した。

「楽屋に入った人間は全員、指紋を取られたの。取られたっていうか……まあ、いちおう表向きはやんわりと協力を求められて、みんな拒否すると怪しいから、疑われたくない一心で積極的に協力したっていうか」

「全員、ですか」

拓人は自分は指紋を提出していないことに気づいた。

「てことは、もしかして大公も？」

「まあさすがにね〜、警察もどうするか迷ったみたいなんだけど、アルベール殿下は自分から私もって言いだして、結局、採取されたの。私は殿下の秘書さんや神崎さんと一緒に通訳として駆り出されたから、間近で一部始終は見てきた」

おそらく光子は、取り残された拓人に親切で昨日の顚末《てんまつ》を教えてあげようとしているのではなく、自分が喋りたくてたまらないのだろう。

「で、《ミモザ》のケースの指紋も取ってた。照合は多分、今ごろ警察の鑑識だか科捜研だかCSIだかどこだか分かんないけどやってるんだろうけど、結果はどうなってるのか私たちは知らないけどねぇ」

「まあ普通に考えたら犯人の指紋なんか残ってないね」

久保田が応じた。

「イマドキ盗みをするのに指紋残すような犯人、いるわけないだろ」

「まあそりゃそうだろうけど……で、なんか鑑識が張り切っちゃってるのか、私たちと安住工房の楽器全てを提出させて、楽器の指紋も調べたいって言い出したの」

「へ～。でも、ヴァイオリンから指紋なんて取れるんでしょうか？　たまに、妙にツヤツヤの弦楽器ってあるじゃないですか、ああいうのなら分かるけど、そうじゃないヴァイオリンの表面って、けっこう木目そのまんまだったりしますよね」

光子は知らないと言ったが、久保田が答えた。

「取れるんじゃないかな。指板は普通に指紋つくし、本体からも今の技術なら取れるだろ。ここ五年くらいで指紋を取る技術はものすごく向上してる。以前は指紋が取れなかった紙質の紙からも取れるようになったし、それで十七年ぶりに解決したコールドケースもあるくらいだ」

「へ～。で、光子さんたちも楽器預けてきたんですか？　もしかして今頃俺んちにも警察来てたりして」

「楽器預けるなんて、まさか！　アルベール殿下が止めてくれた。無意味だって。そりゃそうよ。ほんと意味ないもん」

久保田が口を挟んだ。

「よかったじゃん。あの指紋取る粉って、ちょっと時間が経つと落ちなくなるよ。木なんかだと木目にも入りこんじゃったりするし」

「そうなの?!　危なかった……。そんなん楽器につけられてたまるもんですか」

光子はすでに冷めきっているらしいコーヒーを一気に飲み干した。

「でも、警察としては現場が保全されてなくて困っただろうな」

「あ……確かに。でも、いずれにしても、警察はこれ以上のことはできないかもな……」

「なんで？」

「実はね、アルベール殿下が、被害届を出さないって言い始めて……。秘書さんも神崎さんも私も聞き違いかと思って何度か確認したんだけど、聞き違いじゃなかった。殿下は、これはこちらの問題なので、日本の警察に被害届は出さない、って……」

拓人と久保田、望月翁は互いに顔を見合わせた。全員の頭上に大きなクエスチョンマークが浮かんでいるような顔だった。

「ね、分かんないでしょう？　まあ、殿下の態度は立派だったと思う。一番ショックを受けて取り乱しても仕方のない立場なのに、最後まで落ち着いて、私たちや招待客の心配をされていたし。さすがだなあとは思うけど……でもねえ……日本の警察を信用して欲しいけどなあ」

「で？　最終的にはどうなったんですか？」

「そうこうする間に招待客たちの身体検査と退場が進んで、最後に私の他の四人も帰されただけ。一応楽屋は警察が封印してったみたい。まりやさんがうろたえちゃってて……私は通訳っていうより、アルベール殿下が何言ってるのかをまりやさんに解説して納得させる係みたいな感じ？　最後まで残らされて、まあとにかく手間がかかったわ～」

「黒瀬社長はどうしてたんですか？」

「空気。会社経営はワンマンだって聞くけどねえ」

「あっ、俺、今気がついたんですけど、あの立食の料理ってどうなったんですか?!」

「そこか！　あれはねえ、もう九時ぐらいになっちゃったけど、まりやさんが男子独身寮と女子独身寮に召集をかけたら、二十分くらいで食いつくされた」

「スタッフが美味しくいただきました、ってやつですか」

「まあねえ。私はその間にもまりやさんのそばでタダ働きしてたから、うちに帰ってからカップ麺だった」

「俺だって自腹でやっすいハンバーガーでしたよ。親にメシいらないって言っちゃってたし」

望月翁がくすっと笑って立ち上がると、これは店からのプレゼントだと言って、クッキーを山盛りにした菓子鉢を三人に差し出した。

「さて困ったもんだねえ……。まあ僕らが困っても何の解決にもならないがねえ」

望月翁の言葉に、三人はクッキーをほおばりながらうなずいた。解決にはならなくても、どうしても困ってしまう。

「あ、そうだ、俺、これも気になってたんですよ」

拓人がもう一つ質問を思いついた。

「あのケースのロックって、ほんとにかかってたんですか？」

「まりやさんに聞いたら、やっぱり鍵の開け閉めの瞬間は、警備会社の人も保険会社の人も後ろ向いてたって。まああれだ、お店でクレジットカードの暗証番号を入力する時、お店の人が客に分かるように目をそらすでしょ？　あれ的な。でも、殿下はちゃんとその作業はしてたって。面倒がって省略したとか、そういうのはなかったって」

「でも、ケースに《ミモザ》が入ってたのは確認されてるんですよね？」

「うん。みんなが後ろ向いてる数秒で鍵を外して、全員で《ミモザ》を確認して、また殿下以外の全員が後ろ向いてる数秒で鍵をかけたってことだそうよ。私もこれはすごく気になったから、まりやさんにしつこく確認しちゃった」

久保田が口を挟んだ。

「これは思考実験に類する話だけど、例えば、だよ、その中身を確認した後、ロックをかけるまでの間に、何らかの目的で大公が《ミモザ》を楽屋のどこかに隠した、としたらどうだろう？」

「だから楽屋にヴァイオリンを隠せるような場所なんてないんだってば。第一、ケースを閉める、みんな後ろ向く、鍵かける、またみんなケースのほう向く、っていうの、あの狭さの楽屋だったら、殿下からものの一メートルも離れていない所での数秒だよ？　隠す場所があったとしても、かなりムリでしょ？」

「そうか……それじゃ、いったんロックの件を置いておくとして、警備会社もホテルも安住もグルっていう、いわば、『オ……』」

「ネタバレ禁止！　そうだったとしても、鍵の件を置いておくのはナシでしょ！」

「ヴァイオリンって分解できるんだよね。昨日、楽屋には《ミモザ》の他に十八挺のヴァイオリンがあったわけだよね。ってことは、例えば、『せ……』」

「だからネタバレ禁止！　そりゃヴァイオリンは分解できるし、安住さんはその技術は持ってるけど、分解するだけで何日かかるのよ？　金管みたいにサクサクばらせるわけじゃないの！」

「ふむ……それじゃ、その安住工房のものとされた十二挺の楽器のうちの一つが実は《ミモザ》で、安住が特殊な筆を突っ込んで表板の裏に銘を書き入れた、とか……」

「おバカミステリか。私も二回目の確認の時にはまりやさんと一緒にモニタを見せてもらったけど、どれも時間が経ったような枯れた筆文字だったよ。……あと、他の色合いの楽器にものの数分で塗り替えたってのもなしだからね。ムリだから。むちゃくちゃムリだから！」

「分からんな……」

久保田はわざとらしいセリフを言って黙った。光子は額を押さえてため息をつくと、またクッキーをほおばった。

「あっ、俺、もう一つやばいことに気がついちゃったんですけど……」

光子があからさまに苛立った視線を向けてきた。拓人は一瞬ひるんだが、言わないわけにはいかない。

「あの……土曜日のアークエンジェルのコンサートって、どうなるんですか？」

拓人以外の三人がいっせいにあんぐりと口を開け、息を呑んだ。本当にこの人たちはすっかり忘れきっていたようだった。

「《ミモザ》と共演する……んですよ……ね？」

光子と望月翁は心の底から呆然としているようだ。久保田は落ち着きなく身体をもぞもぞさせると、バッグから携帯灰皿等の喫煙道具一式を取り出して、一人で外に飛び出していった。

「もしかして、マジで忘れてました？」

「というか……」

光子が腑抜けたような声を出した。

「っていうわけじゃ……ないけど……いや、ごめん、忘れてた」

望月翁は積み上げられた雑誌の間からリモコンを発掘すると、部屋の隅の解像度の低いテレビをつけた。ニュースの時間だった。光子は少し自信なさげに言った。

「コンサート自体はできる……と思うよ。できるはず。だって、大里峰秋さんに普段使ってる楽器を弾いてもらえばいいわけだから。大里さんも、イタリアン・オールドのいい楽器持ってるのよ」

「まあそりゃそうでしょうけど……田部井さんから聞いたんですけど、そのソロの人、本当はアマチュアと共演するような人じゃないとか」

「そう。若くしてベルリン・フィルとかロンドン・シンフォニーと共演したり、ドイツでソロのアルバム出すレベルの人」

拓人は呪文の部分は無視した。

「で、田部井さんから聞いたんですけど、《ミモザ》を弾かせるよってことをエサにしてアークエンジェルとの共演を約束させちゃったってことですよね」

「エサはひどいなあ。でもまあ、要はそういうこと」

「だったら、《ミモザ》の件がなくなっちゃったら、どうなるんすかね？」

光子は押し黙った。望月翁も黙ったままコーヒーのおかわりを注《つ》いだ。

「どう……って……」

まあチャイコンのソロが弾ける人はけっこういるからね、と望月翁が慰《なぐさ》めるようにつぶやいたが、光子の表情は晴れなかった。クラシックが何なのかろくに分かっていない拓人にも、本番だけソリストを替えることのリスクは分かる。今までにセッションをしたことがないリードギタリストを本番だけバンドに入れるのはナシだ。しかも、結成したばかりでまだライヴを一度もやったことのないバンドならなおさらだ。それは出来立てのバンドだったら面子《メンツ》を入れ替えても誰も気づかないだろうって？　それはそうだろう。だけど、その一回のギグでバンドの性質は変わってしまう。出来立てのバンドだからこそ冒《おか》せないリスクがある。

「どうでもいいですけど（よくないけど）、クラシックでもそういう、何ていうか、スターに振り回される、みたいのって、あるんですね」

「あるわよ。ありまくりよ。もっとも、昔のプロの世界はもっとすごかったけどね。いわゆる『往年の巨匠』の時代は。本番直前にプリマがヘソを曲げてご機嫌取りに宝石が飛び交ったりとか、指揮者がコンサートの出来に満足しなくて長い交響曲を初めから全部やり直したとか、テレビカメラで撮る時は右側から撮れとか。ああいう時代に比べれば、今はスターも巨匠もみんな物分かりが良くなっちゃったけどね。いわゆるコンプライアンスってやつね」

「へ〜。だったら、その『往年の巨匠』の時代よりもっと前ってスゴそうですね」

「スゴかったみたいよ、十九世紀は。パガニーニとかショパンとかが演奏家として現役だった頃ね。人気の演奏家のコンサートでは女性が失神したとか、挑戦状みたいのを叩きつけて即興演奏合戦とか、普通だったらしいし」

「ほぼほぼロックっすね。だったらそれよりもっと前の時代ってどうなっちゃってたか想像を絶しますね」

「あ〜、十八世紀とか十七世紀はおとなしいもんよ。何しろ、音楽家なんて、みんな貴族に雇われた召使いだったから。作曲家もオーケストラもソリストも歌手も、貴族か教会が雇ってた時代だから」

「へ〜。意外」

「でも、協奏曲っていうスターシステムも、そういう環境の中から生まれてきたんだけどね。だいたいオーケストラなんか雇ってると、中に何人かやけに上手いやつがいたりするわけよ。そうすると、彼らになんかスゴイ曲弾かせようって雇い主の貴族も、雇われてる作曲家も考えるわけ。例えば、ある貴族が雇ってるオーケストラにトランペットとリコーダーとオーボエとヴァイオリンの上手い奏者がいたら、作曲家はトランペットとリコーダーとオーボエとヴァイオリンのソロがある協奏曲を書き、ヴァイオリンの凄腕《すごうで》が二人いたら二人のヴァイオリン・ソロの協奏曲を書き、ってしてたわけ」

「スターのバンドとバックバンドみたいなもんですかね」

「そんな感じだったと思う。そうやってるうちに、時代が下っていくと、ソリストというスターをフィーチャーする度合いがもっと高まって、ソリストが一人でオーケストラをバックに演奏するようになってったのよね」

拓人は少し気が逸《そ》れてきた。おクラシックの蘊蓄《うんちく》はまだ聞いてて楽しいと思える境地には達していない。光子はまだ何か言おうと口を開きかけたが、その瞬間、望月翁と、いつの間にか戻ってきていた久保田がそれを制してテレビの音量を上げた。《ミモザ》のニュースだ。原稿はいろいろな方面に配慮した歯切れの悪いもので、二億円相当のヴァイオリンの名器が「行方不明の様子」であること、ラ・ルーシェ大公は盗難届等を日本の警察に提出していないこと、保険会社が情報提供を呼び掛けていることを報じただけだった。

「歯切れ悪いなあ」

久保田が火のついていない煙草《たばこ》をもてあそびながら苛立ったように言った。

「でも、歯切れを良くしようとすれば憶測で断定するしかなくなるし」

光子がそう言い終わらないうち、久保田はリモコンを摑むとボタンを押し始めた。リモコンはなかなか反応せず、久保田はいったん電池を抜いて入れ直した。テレビは渋々チャンネルを変え、いくつ目かのワイドショーで《ミモザ》の話題を引き当てた。

そこでは、「楽屋の様子」なるものを図解して見せていた。曰《いわ》く、完全に警備された「密室」であったこと、楽屋に出入りした者は誰でも《ミモザ》のケースに触《さわ》れる状態だったこと、しかしケースには、最新テクノロジーの特殊錠が装備されていたこと等。

楽屋の図面は間違っていた。《ミモザ》は部屋の中央のテーブルに置かれていたことになっている。おそらく、この情報を提供したのは実際に楽屋に入ったアークエンジェルの奏者たちや警備関係者ではなく、楽屋の入り口から中をちらりと覗いた程度の、子供たちの保護者の誰かだろうと光子が言った。まったく面倒なことをしてくれちゃったものだ。

光子は、島田や望月等、今日は堅気の仕事に出ている仲間たちを心配しているとも言った。ワイドショーや週刊誌の記者たちに誰かが捕まっていないとも限らない。島田も望月も、二人ともまだ二十代のお嬢さんだ、と。

にぎやかなVTRは、《ミモザ》が相続争いに巻き込まれたことや、一九九九年の盗難の件を昼ドラ風の再現イラストのフリップを交えて紹介した。盗難が「なかったこと」にされたのは、おそらく、博物館に展示していて盗まれた《ミモザ》がそもそもニセモノだったのだろうという説を取っていた。

光子はこのVTRにかなりの不満を感じているようだった。

「私この頃学生だったけど、この件にはすごく興味があって、ヨーロッパから音楽雑誌を取り寄せたりしたけど、多分真相は、ラ・ルーシェ公国はフランス政府の頭越しに犯人と違法に交渉して、身代金払ったんだと思う」

「へ〜。雑誌ですか。ネットで情報収集はしなかったんですか？」

拓人は無邪気に質問したが、光子の反応はスモーキーだった。

「私……ネットにつながったのって二〇〇〇年からなんだよね……。まあ何にしても、ネットの情報なんて、当時も今も石多めの玉石混交《ぎょくせきこんこう》だし」

何にしても、光子の情報も世間に流布《るふ》したマスコミ経由のものでしかないようだ。

拓人は少しがっかりした。が、仕方がない。まあ所詮、こちらはみんな外野なのだ。

誰も、まともな情報など持っていなくても仕方がないのだ。

ワイドショーはどうやら、ラ・ルーシェ公国を売名したがりの弱小国と決めつけているようだった。光子が言うには、弱小国なのは間違いないが、売名を望んでいるとは思えないという。むしろ、リゾート地としては、セレブの固定客が来てくれる方が、雑魚《ざこ》観光客が押し寄せるよりよほどありがたいはずだ、と。ヨーロッパにはそういう王国、公国が、まだいくつかあるらしい。

画面には、保険会社が公開したという《ミモザ》の写真が映し出されていた。クッションに寝かされた状態で表から見た写真、裏から見た写真、左右の横から見た写真一枚ずつ、そして渦《うず》巻きの写真が正面から見たものと左から見たものの一枚ずつ。

ヴァイオリンを紹介する時にはよく見るパターンの写真だ。拓人も、川原の話を聞いた後、有名なヴァイオリンをいくつか検索して、こういう写真を何枚も見ていた。

しかし光子は、《ミモザ》のその写真を見て顔をしかめ、ソファから立ち上がると、テレビの画面に近づいていった。何かものすごく不審なものを見る目つきだ。が、画面はすぐにスタジオ内のにぎやかなひな壇に切り替わってしまった。

「何？　どしたの？」

望月翁が声をかけた。

「いや別に……うん……でもなんか、今の写真、なんかひっかかるのよね。もっとよく見たかったなあ」

光子は上の空といった様子で答えた。

「そのテレビじゃ何も分かんないでしょ。うちのテレビ、４Ｋだから」

「え？」

「暗い、きたない、かさばる、光熱費食う」

「ああ……俺の部屋のテレビと一緒ですね。ていうか、俺のは、乾燥すると静電気バリバリだし、壊れる寸前だから、８Ｋくらい行ってるかもしんないです」

「８Ｋか。お兄さん、トレンディだねえ」

久保田は拓人と望月翁のバカ話を無視して、バッグから取り出したノートパソコンを立ち上げはじめていた。

探しているページはすぐに見つかった。保険会社の日本語サイトのトップページから直接リンクが貼られていたからだ。ピンチアウトすると、久保田のモニタでは実物大近くまで拡大できた。が、解像度はさほど高くはない。久保田はあまりにも熱心に画面を見つめる光子にパソコンの前の席を譲った。

それから一、二分の間、黙ってモニタを見つめた後、光子はかすれたささやき声をもらした。

「これ……私の楽器だ……！」

「はあ？」

光子以外の三人は腑抜けたような声をあげた。はあ、としか言いようがない。

「ちょっと何言ってるか分かんない」

拓人が思わずそう言ったが、光子はモニタを食い入るように見つめ続けた。またしばらく時間が経つ。

「やっぱり私の楽器だと思う。もっと小傷まで見られればはっきりするんだけど

「……」

光子はソファの横に立てかけてあった白い強化樹脂製のケースを、コーヒーやクッキーが載っていないほうのテーブルに置いた。午前中、例の練習場にいたのだという。拓人に電話をした時も、ちょうどそこにいたらしい。

望月翁は、シェフたちが立ち働く厨房につながる引き戸をそっと後ろ手に閉めた。

四人は、ケースから取り出された音羽光子の愛器とサイトの《ミモザ》の写真を見比べた。二つの楽器は、中央のくびれの角度やパフリング（表板の縁の飾り）の具合、f字孔の角度、渦巻きのパターンに至るまで、確かによく似ている。しかし、ヴァイオリンなんて、素人の目で見れば――拓人もまだまだ素人の域だと自分でも思っている――色が似ていれば同じように見える、というより、違いが分からない。

望月翁が真っ先に音《ね》を上げた。

「こりゃ僕の目じゃ無理だわ。お若い人の目で見てちょうだい」

「私ももうそろそろ老眼鏡作ったほうがいいのかも……」

光子は近視用のメガネを外して自分の楽器とモニタを見比べはじめた。久保田はかなり懐疑的だった。

「う〜ん。でも、同じとまでは言い切れないかな。色合いが違う気がするし」

「でもそれは光の加減とか、モニタの調整によって変わっちゃうから」

「いや、だけどさ、そもそもこの写真が音羽の楽器だっていうこと自体がおかしいんだって」

「そうなんだけど……分かってるつもりだけど……。私のこの楽器は、二〇〇五年に、軽自動車くらいの価格で買ったの。大手の楽器屋さんから独立したばかりだっていうディーラーさんが扱ってて、オールド楽器のバッタもんとして作られた楽器だろうけど、ちょっと鳴らすのが面倒な感じはあるけど状態はよかったから、オールドに憧れがあったから、せめて気分だけでもオールドっぽさを味わいたくて買ったんだけど……」

「ああ、そうか、ちょっと分かったかもだ」

久保田がぱちりと指を鳴らした。

「音羽の楽器がオールドのコピーなんだろ？　スクロラヴェッツィのコピー楽器なんじゃないの？　だったら《ミモザ》と規格が似ていてもおかしくない」

ああなるほど。拓人はこの間川原稔から聞いた話を思い出した。コピー楽器は必ずしも、贋作として高く売るために作られるとは限らない。優秀な楽器を求めてオールドの規格と同じものを作ることもある、と。

「でも……この裏板の傷、去年個人レッスンの先生のところでごつい譜面台にぶつけてつけちゃった傷だし……」

「だったらなおさらヘンだろ」

「まあ確かに理屈には合わないんだけど……けど……」

「それより、別な心配したほうがいいんじゃないですか？」

拓人は思わず口を挟んだ。あることに気づいたのだ。

「光子さん、この楽器持ってたら、《ミモザ》を盗んだ犯人だと思われちゃうんじゃないですか？」

全員が再び息を呑み、長い沈黙が続いた。

「まずく……ないですか？」

拓人が思わず声をひそめると、光子もささやくように言った。

「まずいよ！　ものすごくまずいって！　まずいに決まってるって。いや、でも、まあ当分、昨日の楽器弾くからいい……けど……」

「何だったら、俺、預かりましょうか？　もし警察とか探偵とかが光子さんちに来た時にその楽器があったらまずくないですか？　うち、高級服地を置いてある部屋は俺の部屋なんかよりよっぽど温度管理できてますし、親も預かりものに触ったりしない人たちですから」

「えっ、拓人んち、お洋服屋さんなんだ？」

光子は口ではそんな世間話的なことを言いながらも、すがりつくような目で拓人を見た。

それ以上皆で話し合うことは何もなかった。それ以上に、何か重大な秘密を背負ってしまったような重苦しい雰囲気ができ、誰が言い出すともなく解散となった。

結局、拓人は光子の楽器を背負って家路についた。雨はとっくに上がっている。薄曇りだったが、湿度のせいか晴れの日より暑く感じた。


水曜の夕刻は夏期講習でつぶれ、木曜の午前は学校の課題でつぶれた。いちおう進学校の上位クラスなので、夏休みといえども勉強しないわけにはいかない。しかし拓人は、昼に父親から配達を打診された時、二つ返事で引き受けた。だるい時には徹底的にだるい自宅バイトだが、少し遠くに出かけるのは解放感があって好きだった。

天気はそこそこよく、昨日ほど湿度もないが、少し歩いただけでファストファッシヨンのシャツとチノパンツはよれよれになった。場所は赤坂だ。都心は辺境のサンライズ商店街なんかよりはるかに暑く感じられる。地下鉄を下りると、少し遠回りだが日陰になった小道を選んだ。昔馴染みのお客さんに品物を渡し、少し立ち話をして、親に叱られない程度のお駄賃をもらう。また地下鉄の駅に戻ろうとした時、あるビルが目に入った。

「アルシュ建設……？」

東京アークエンジェル・オーケストラのスポンサーだ。と言うより、アークエンジェルの母体というか。こんなところに本社があったとは。そう言えばこのビル自体は記憶がある。今までにも何度か前を通っていながら気にすることがなかったのだ。

「へ～。ここ本社なんだ。まりやさんとか、いるのかな？」

建物は、都心によくあるガラス張りのただの四角いビルだ。特に特徴らしいものがないせいで記憶に残らなかったのだろう。地下はちょっとしたレストラン街になっているようで、昼時だからだろうか、大勢の人が出入りしている。

エントランスくらいは入っても追い出されたりはしないだろう。拓人は、クールビズ姿のビジネスマンたちに混じってガラスの自動ドアから入った。

一歩足を踏み入れると中は明るく涼しかった。香ばしいコーヒーの香りが漂《ただよ》っている。適度に日光を通し、適度に遮光された吹き抜けは四階くらいまで達している。エントランスの入り口手前のスペースは床が石畳のような柄で、街灯やドリンクスタンドが立ち並び、ヴァーチャルなヨーロッパの一隅といった趣きだ。セキュリティゲートと受付の奥には、二階から一階まで、大きな弧を描いたアーチのような階段がかかっている。実用的ではないが、建設会社の技術とセンスを誇示するディスプレイのようなものなのだろう。

奥に入れるのはもちろんセキュリティゲートを通れる者たちだけだ。この中のどこかに黒瀬まりやがいるのだろうか。

まりやは日曜日のアークエンジェルの練習の時、拓人に、「いつでも遊びに来てね！」と言っていた。もし機会があるのなら、拓人も《ミモザ》の搬入の様子などを聞いてみたいと思わなくもない。わざわざサンライズ商店街から赤坂までやってきてそんな話をするのも何だが、ついでに立ち寄ってちょっと話を聞くくらいならいいかもしれない。そう思ったのだが……

「ご用件をお伺いいたしましょうか？」

拓人がカウンターのそばにぼんやり立っていると、細面の受付嬢が涼やかな声で訊ねてきた。

「あ……ええと、黒瀬まりやさん、いらっしゃいますか？」

「お約束ですね？　お客様のお名前を伺ってもよろしいでしょうか？」

「こっ、小林拓人です。えっ……約束……は別に……」

しまった。よく考えたら、黒瀬まりやは社長夫人だ。何か役職もあるらしいし、高校生がふらっと訪ねていって会ってもらえる相手ではない。

「小林拓人様ですね。いつでもお通しするよう申しつかっております。こちらのゲートをお通り下さい。ただ今係りの者がご案内いたします」

受付嬢は手慣れた仕草で押しつけがましくなく入館票を渡すと、拓人にゲスト用のゲートを指示した。

ひゃ〜。何てこった。まりやの「いつでも遊びに来てね！」は本当だったのだ！

大学を出たてらしい若い男性が、拓人を上階のフロアに案内した。エレベーターの扉が開くと、アンバーオレンジの厚い絨毯を敷きつめた広いホールに出た。テレビドラマで見る重役オフィス、いや、高級ホテルか何かのようだ。猫脚のコンソール。縁取りのある鏡。観葉植物の葉も艶々《つやつや》している。シトラス系のいい香りもする。

まりやは奥まったところにあるオフィスにいた。

「小林くーーーん！　っていうか、私もみんなみたいに拓人君って呼んでいい？　ほんとに来てくれたのーーー！」

まりやは落ち着いた色味のチェリーレッドのノースリーブ・ワンピースを着て、金のロングネックレスをその上に垂らしていた。ワンピースの素材はおそらく麻だろう、同じ麻でも、拓人が今着ているファストファッションの麻とは次元が違う麻に違いない。

「すみません、なんか……ちょっと通りかかったら……いえその……ちょっとだけ、って……」

拓人はしどろもどろになりながら言い訳めいたものを口にしたが、まりやはそれを遮った。

「いいのいいのーー！　全然！　っていうか、ほんとに来てくれて超嬉しい！　大歓迎よ！」

まりやは両腕を広げていかにも歓迎というジェスチャーを見せた。彼女の背後には、年代物らしいデスクや鋲《びょう》打ちを多用した、何というのだったか、そう、チェスターフィールド・ソファの応接セット、声楽コンクールの銘を冠したトロフィーが並ぶキャビネット、白いグランドピアノと金色のハープが居並んでいる。

「でも……すごいですね、ここ。なんか社長室かなんかみたいだ。カッコイイすね」

「社長室だなんて、全然！　ただ空いてるオフィスを使わせてもらってるだけよ。私が社長なのは、自分がやってる音楽教室についてだけ」

「あ、でも、本当に社長さんなんですね。そんなふうに見えないです」

しまった。社長には見えないというのは、失礼にならないだろうか。

「でしょ？　見えないでしょ～？　あ～でも拓人君が訪ねて来てくれるなんて嬉しい～。どうして来てくれたの？」

「いや、ちょっとバイトでそのへんを通りかかったら、アルシュ建設本社ってここなんだと思って」

いや、いかにもついでと言わんばかりなのは失礼じゃないだろうか。

「そうなんだ～。バイトか～。お疲れ様。で、どう？　うちの社屋？」

「なんか……あの練習場から想像してたのと全然違ってすごいところだからびっくりしました」

いや、だからちょっと待て自分。失礼だろう。

「そりゃそうよ。だって、あれは子会社の資材置き場だもん。うち、いちおうゼネコンだから。昔は黒瀬橋梁《きょうりょう》建設っていって、って、私が結婚するずっと前の話だけど、橋の建設の専門だったんだって。『アルシュ』はフランス語で『橋』っていう意味。バブル時代に社名をオシャレにするのが流行《はや》った頃、先代が改名したんだって」

「へ〜。あ、それでエントランスのところがカッコよくなってるんですか?」

せめて、これだけは当を得た発言でありますように。

「ご明察ぅ〜! さすが拓人君! あれねえ、一見何でもない階段だけど、ああいうアーチ状のものをきれいに作るのって実は大変な技術がいるのよ! すごいでしょ?」

まりやは小さな子供が父親を自慢するように素直に笑った。こういうところもこの人の憎めないところなのだ。拓人の失礼を重ねるような発言も、全く気にする様子がない。

「あ、バイト中なんだっけ? 引き留めちゃダメだよね?」

「いや、今日は配達一軒だけだし、職場は実家なんで、大丈夫です」

「ご実家、何のお仕事なの?」

「ドレス屋です。ホステスさんたちの。ネットショップでは一着数千円のキャバドレスなんかも扱ってますが、高級品やブランドものは昔ながらの手売りなんです。お直しとかもありますし」

「そっか、じゃ、引き留めてオッケーね? じゃ、コーヒーか紅茶淹《い》れま〜す。何がい？　緑茶とかジュースもあるわよ。下のカフェから取り寄せればキャラメルカフェオレとか、いろいろあるし」

まりやはアイスコーヒーがいいというので、拓人も無難に同じものにした。見た目はどうということもないアイスコーヒーが運ばれてきたが、一口飲んで拓人にもすぐに違いが分かった。何やらいい豆を使って淹れたものに違いなかった。

「この間はあんなことになっちゃって、なんか、ごめんね〜。まあこっちはこっちで大変だったんだけどね。あの後、夜遅くなっちゃったから黒瀬とシャリアピン・ステーキだけ食べて寝ちゃったわ。大公殿下は食欲ないっていうし、コーディネーターからはなんかいろいろチクチク言われたし」

シャリアピン・ステーキが何なのかは知らないが、少なくとも、同じ肉料理でもファストフードのハンバーガーの対極にある何かに違いない。

「なんか……ねえ。配慮とか何もかもぜーんぶ裏目に出た感じ？　そもそもうちは、別にラ・ルーシェ大公を日本に招聘《しょうへい》した主催者とかじゃなくて、ただレセプションを開いただけだから、何ていうか、巻き込まれた、みたいな？」

「でもレセプション主催者としては精いっぱいの対応だったんじゃないですか？　一応会社的には株は上げたんじゃないですか？」

「そうだといいけど。現実の株価はね〜、水曜日にはちょっと下がったの。今は何とか持ち直してるけど」

まあ確かに、ホンモノの株にまで影響したとなれば文句の一つも言いたくなるだろう。まりやは革のソファに深々と身を沈め、大きなため息をついた。

「そもそもさ〜、レセプションだって、安住さんが引っ張って来た件なのよねぇ」

「えっ、安住さんって、あのヴァイオリン製作者の人ですよね？」

「そう。私がやってる音楽教室はね、もう知ってると思うけど、ヴァイオリンはレンタル楽器で学べるコースがあるの。今、ヴィオラとかチェロとか、コントラバス、古楽のヴィオールとかを弾いてる人も、初めての弦楽器はヴァイオリンっていうことが多いの。言わばヴァイオリンは入り口でもあるし、基礎中の基礎なのよね。だから私も重視してるの。それで、安住誠二工房と連携して、安住さんとかその弟子の人とかが作ったヴァイオリンをレンタル用にしてるのよ。だからまあ、安住さんはビジネス・パートナーよね。その安住さんから、《ミモザ》と大公の来日の話が来て。で、企業宣伝も兼ねてうちがレセプションすることになったんだけど……」

「へ〜。安住さんが」

「そ。なんか、十一月ごろだったかなあ、ヨーロッパのヴァイオリン職人仲間から仕入れた情報で、ラ・ルーシェ大公が《ミモザ》を持って来日したがってると聞いたから、なんかレセプションとかコンサートとかできないだろうかって相談されたの。で、ちょうどその頃、アークエンジェルのオーディションの準備をしてた時だったから、『それ、共演できたらいいかもね』って言ったら……なんかね、イタリアの職人さんたちの職能組合とか、ラ・ルーシェ公国の政府とか、コーディネーターの神崎さんとか、なんかもういっぺんにわーっと連絡が来て、断れない感じになっちゃって」

「へ〜。なんか大変ですね」

「そうなのよ〜。で、ヴァイオリン関係のこととか、私にも分かんないことがいろいろあるから、安住さんにも相談したんだけど……そしたら、いつの間にか安住さんもレセプション主催者の一人みたいになっちゃってて、『それじゃうちの楽器出しましょう』とか言い出して……。なんか、勝手よね」

「へ〜。安住さんって、そんな強引なこととかしそうな人には見えなかったですけどね」

「ま、安住さんもあちらで修業してた人だからねえ。それなりに我が強くないとあちらではやってゆけないのは分かるけど〜、私もイタリアで声楽の勉強してたから分かるけど〜、分かるけどさ〜、それにしても、ねえ……」

ねえ、と言われても困る。

「でも、なんで安住さんがそんなにこの件に食いついて来たんでしょうね」

「何でってさ〜、ちょっと下衆《げす》の勘繰《かんぐ》りになるけどさ〜、あれじゃない？　ちょっと焦ってるのかもね」

「焦って……る？」

「そ。だってさ、安住さん、日本で活動してるわけじゃない？　日本のヴァイオリン製作のレベルって、実は世界的に見てもすごく高いのよ。ヨーロッパで修業してるといつまでたっても一人前になれないからって日本に留学してくるヨーロッパ人職人もいるし、オールドの名器をわざわざ日本の職人に調整してもらいに来る演奏家は世界中にいるの。だけど、まあしょうがないって言えばしょうがないんだけど、まだねえ、ブランド力《りょく》？　そのへんがまだまだなところはどうしてもあるから、安住さんみたいに、独立はしてるけど名匠として名声を獲得してるってほどじゃない中堅の職人は、ちょっとね、やりにくいのは事実なのよ。だから安住さんも、なんか自分の存在を顕示できる場があったらいっちょ噛みしたいんじゃないかな？」

「なるほど。なんか有名なバンドが来日する時、前座の前座でもいいから演奏したい、みたいな感じですかね」

「そういう気持ちは別にいいんだけどさ～、たまたま知った大公の来日にしゃしゃり出て来て、なんかいろいろ断れないような話にしちゃって、で、自分はさ、自分のところで作った楽器をずらっと並べたりしたじゃない？　安住さん的には……何？　自己顕示？　凱旋？　宣伝？　さぞかし気分良かったんじゃな～い？」

「ああ、でもそれだったら、俺ならエントリーモデルみたいなレンタル楽器で量で勝負じゃなくて、自分の最高傑作の楽器を一つだけ持ち込んで《ミモザ》と張り合ったほうがカッコイイと思いますけどね」

「ふうん……拓人君って、クラシックとか知らないって聞いてたけど、案外センスあるかも……」

まりやは拓人の顔を覗き込んで嬉しそうに微笑んだ。

「そんな、買い被りですよ。俺が張り合うんだったら、っていうだけの話で」

「まあ安住さんが何考えてたのかは分かんないけどさ～、気が利かないのは確かよ。安住さん、レセプションの時には《ミモザ》に忖度《そんたく》して、アークエンジェルには黄色系ニスの楽器は持ち込ませないで下さいとまで言って来たのよ。なんで安住さんがそんなこと決めるわけ？　なのにさ～、見たでしょ？　安住工房の楽器、黄色系ニスの楽器ばっかりだったじゃない？　何なの、あれ？　気が利かないっていうより、やっぱりあえて挑戦したのかなって思っちゃう。私は普段から安住工房の楽器とは関わってるから知ってるけど、規格品と言えども、他の色味の楽器もあるのよ？　なのに……。なんでわざわざあれかなあ。ねえ。安住さんって、なんか思った以上に何かある人っぽくない？　ねえ、どう思う？」

どうと言われても……

拓人が言葉に詰まっていると、まりやは急に気分を変えたかのようにどさりとソファの背に身を持たせかけた。

「ま〜いいけどさ〜。もう、安住さんとかどうでもよくなるようなこと起こっちゃったしねえ。は〜。頭痛いわ〜」

「あの、俺、ちょっと気になってたんですけど」

拓人は少し話を変えた。

「《ミモザ》って、ほんとに楽屋にあったんですよね？」

「あったあった！　絶対あったのよー！　聞いてくれるーーー?!」

まりやは根掘り葉掘り聞かれるのを嫌がったとしても不思議ではなかったが、逆に、期待以上にこの話題に食いついてきて身を乗り出した。昨日の音羽光子と同様、話したくてたまらないといった様子だ。

「楽屋に《ミモザ》を置きに行った時、殿下と秘書さんと、神崎さんと、保険会社の担当者と警備の責任者、ホテルの警備担当者と私で見てるの！」

光子から聞いていた話よりだいぶ人数が多い。

「まずね、楽器ケースを殿下が楽屋のテーブルに置くでしょ？　それから、ロックの外し方は秘密だから、みんなで見ないようにして、でもこれってほんの数秒よ？　で、殿下にケースを開けていただいて、みんなで確認よ。殿下はケースを開けるだけじゃなくて、取り出して見せて下さったのよ！　すぐ近くで！」

その話は光子からは聞いていなかった。おそらくまりやは彼女には所々略した話しかしていないのだろう。

「私なんか、あと数センチで触っちゃうようなところにいたの。松脂の匂いもしたし、本当に《ミモザ》はそこにあったのよ。もうヴァーチャル・リアリティとか、実物そっくりだけどあとでへこませられる風船とかじゃなくて、本物のヴァイオリン。で、また殿下がケースに入れて、ケースを閉じて、みんながちょっと向こう向いてる間に、ってこれもほんの四、五秒よ？　ロックをかけていただいて、それからはずっと唯一の出入り口を監視されてる楽屋に置いてあっただけ」

「やっぱり気になるんですけど、大公の前に最後に楽屋にいたのって、安住さん……

ですよね？」

「そこなのよねえ……」

まりやはまたテンションが下がったようにソファにもたれかかった。

「でもねえ……あの最新鋭のロックを安住さんが外した……って……ねえ。そんなにすごい人かなあ」

「そこですか。まあ何にしても、もし万が一、安住さんがそれができるすごい人だったとしても、その後がいろいろおかしいですよね」

「でしょ？　たとえヴァイオリンの入れ替えの悪戯《いたずら》を安住さんがしたんだとしても、でも、《ミモザ》が消えちゃったっていうのが……ねえ」

「それなんですよねえ、結局。安住さんがどうとかいう以前に、どうやったらそんなことができるかって話ですよね」

「そうなのよ～。あーーーーーーー！　もう頭痛いわ！」

まりやは文字通り頭を抱え込んだ。こちらとしてはその声のほうが頭が痛い。ただの金切り声ではなく、きれいなソプラノなので、よけいに脳に突き刺さる。

「そうだ、昨日みんなと話してたんですけど……土曜日のコンサート……どうなっちゃうんですか？」

「そーーれーーーよーーーー！　そうなのよーーー！　ああ頭痛いーーーー！」

「大里峰秋さんはもうこのこと知ってるんですよね、当然ですけど」

「もちろんよ。峰秋君は自分の楽器弾くからいいですよって言ってくれてるけど」

「で、大公は何て？」

「まだ何も……。ご心配には及びません、って玉虫色のお言葉」

「うう……困りますね」

「そうなのよ〜。困るのよ〜。まあ、殿下的には、あれよ、殿下は今回、もう一挺いい楽器を持ってきてるのよ。《アーベントロート》っていう。それを峰秋君に弾いてもらうという手もあるかもって考えてるのかもしれないけど、でもねえ……。《アーベントロート》って時価評価四千万くらいの楽器なのよ。オークションにかけたら四千万スタートで、もしかしたら七千万くらい行くんじゃないかって言われてる楽器。……いやまあ、値段じゃないっていうのは分かってるけど。分かってるのよ？　でもねえ……峰秋君の《シュイスキー》は評価額が一億円近いのよ。十八世紀の楽器で。いやだから値段じゃないっていうのは分かってるけど……ねえ、わざわざ峰秋君に慣れない《アーベントロート》を弾いてもらうより、いつもの慣れた《シュイスキー》を弾いてもらうほうが絶対いいじゃない？　あれも有名なヴァイオリンなのよ。でもそうすると、そもそも、今回のコンサートの存在意義が何なのかっていうことになっちゃうし……」

「まさかと思いますけど、中止……なんてことは……」

「それだけは絶対イヤーーー！　オーケストラの後援は私の夢だったし、みんなだって演奏したいでしょ？　今まで練習してきたことをなかったことにされたりしたくないでしょ？」

「そりゃそうですよ」

「そりゃプロだったら、興行的な都合でコンサートの一つや二つ中止になってもいいかもしれないけど、ねえ」

それはさすがにないと思うが、プロはプロなりの理由があれば公演中止も受け入れるものなのではないだろうか。

「でも、アマオケはそうはいかないわ！　だって、ねえ、『アマチュア』ってどういう意味だと思う？」

「ええと……プロの反対語で、素人、ですよね？」

「違ーーーう！　『愛好家』よ！　愛する人なのよーーー！　アマオケは、音楽を、オーケストラを愛するがあまりに、お金にならなくても、いいえ、たとえ団費という形でお金を出してでも演奏したい人たちの集まりなの！　アマオケは愛する人の集合なのよぉーーー！」

拓人は虚を突かれた思いだった。そんなこと、考えたこともなかった。もっとも、アマチュア・オーケストラというものの存在自体、知ったのは先々週だ。考えるわけがないのだが。

しかし、まりやのその熱意や「愛好家」に対する思い入れは、何となく流されてアークエンジェルに入った拓人にも痛いほど伝わった。このコンサートは、自分たちのためだけではなく、まりやのために成功させたいという気持ちが、ぬるい拓人の心の内にも沸《わ》き上がった。

「なんか……黒瀬さん、カッコイイっすね」

もしかしたらまた失礼なことを言ったかもしれないが、後悔はなかった。

「え、カッコイイって、私が？」

「はい。カッコイイっすよ」

「ほんとに？　やだ嬉しいーーー！　照れるじゃない！」

まりやはまた屈託なく笑った。

「そう言ってもらえてちょっと気分が晴れたわ。ありがとっ！　落ち込んでらんないから。明日、私も本番なのよねぇ」

「へ～。演奏するほうですか？　歌ですよね？」

「そ！　明日の午後から夜にかけて、六本木の森田ヒルズで、ミュージック・フェスタがあるの。プロから駆け出しのストリート・ミュージシャンまで、いろんなジャンルのいろんな演奏家が森田ヒルズのあちこちで演奏して、来たお客さんはどれも自由に無料《ただ》で演奏が聴けるの。フードトラックとか大道芸とかも来るし、サプライズで有名ミュージシャンが出ることもあって、楽しいのよ」

「へ～。そんなイベントがあるなんて知りませんでした。面白そうっすね」

「ホント楽しいわよ！　私も、音大時代の友達と、ミュージカル・ナンバーを歌ったりするの。もしよかったら遊びに来てね」

まりやはそう言いながら立ち上がり、デスクから一枚の紙を取り出して拓人に手渡した。星空を背景に長身の女性がサックスを吹くデザインのチラシだった。裏には森田ヒルズのオーナー、森田会長の挨拶文などが載っていたが、その上に太い油性ペンで大きく「Eブロック　リトル・シードラゴン・アンサンブル」と書きこまれている。

「演奏時間とかはその名前で検索してくれれば分かるから。平日っちゃ平日だけど、金曜の夜だし、夏休みだから、人出はけっこうあると思うわ。健全なイベントだから、早い時間なら高校生もウエルカムよ〜。よろしくねっ！」

まりやはそう言いながら、また無邪気な笑い声をあげた。

ただ、その細い指先はアイスコーヒーのグラスについた水滴をもてあそび、何とはなしに寂しげに見えた。天真爛漫に見えるこの人も、内奥では真剣にあれこれを心配しているだろうことをうかがわせたのだった。

地下鉄に乗る前に音羽光子に電話をしてみたが、つながらなかった。もう一度かけてみるかどうか考えていたその時、川原からの着信があった。何か面白いことを掴んだらしい。今の居場所を聞くと、ちょうど今いるところから二駅で行ける場所にある高級ホテルの喫茶室だという。拓人は指示に従ってそのホテルに向かった。ホテルに着いたはいいが、広くて豪華なホテルの中で拓人はさんざんうろうろするはめになった。

ようやく目的の場所にたどり着くと、川原はノーネクタイのスーツ姿で、観葉植物を多用した高級な喫茶室の風景におさまっていた。何かのセレブなお付き合いの合間といったところだろうか。

川原は拓人がまだ昼食を食べていないのを見抜くと、簡単なものでごめんねと言いながら、サンドイッチを注文してくれた。臭みのない鶏レバーとチーズ味のコーンスナックが合体したような味の肉が挟まっている。美味しかった。フォアグラというものらしい。

「ごめんね、あまり時間がないので、用件だけ手短に話すよ。食べながら聞いてくればいい。昨夜、フランスの友人とスカイプで話してて、面白いことを聞いた。まあ、あくまでネットの噂程度のものだけど、それなりの信憑《しんぴょう》性はあるらしい。何でも、ラ・ルーシェ大公が仮想通貨の暴落の時に大損をしているという説があるそうだよ」

「仮想通貨の暴落……？　ああ、そう言えば、ありましたね、そんなことが」

「もともとラ・ルーシェ公国は、リゾートの他にＩＴに活路を見出している国だ。大公が仮想通貨に投資していても不思議じゃない。あの国は国防や外交、警察はフランスに委託しているんだけど、当然その分フランスに税金も払っている。リーマン・ショック以降はそれもなかなか事情が厳しいようで、ここ数年はフランスへの併合が取り沙汰されているくらいなんだ。そこへきてもし本当に仮想通貨で損をしているのだとすると……」

「いよいよ、って感じになりますよね」

「そう。事実上ほとんどフランスの一部であるとはいえ、曲がりなりにも公国を名乗っていたいラ・ルーシェとしては、嬉しいはずがない。そこでだ。こういう噂も出てくるのさ。ラ・ルーシェは《ミモザ》の保険金が欲しいのだ、っていう」

「え……？」

拓人は思わず、最後の一口をほおばるのを忘れて硬直した。

「まさか、保険金と引き換えにするために、《ミモザ》を誰かに盗ませた……ってことですか？」

「違う。有り体《あ　てい》に言えば、保険金詐欺説だ」

その最後の一言が拓人に沁《し》みこむのを待つように、川原はしばらく沈黙した。

「……って、マジですか？　そんな……」

「もちろん、ネット的なトンデモ説だと言ってしまえばそれまでだよ。第一、《ミモザ》が消えてしまったからくりが分からない。だけど、どのみちヴァイオリンが密室で消えるという不思議があったこと自体が事実なら、そのトリックだけではなく、それが起こった背景も考えてみるべきなんだ。もしこの件で得をする人間がいるとしたら誰か？　それは保険金を受け取る大公だろうし、もし何らかの仕掛けをすることができる人物がいたとしたら、それも大公だ」

「いやまあ、そうかもしれないですけど……」

「どうやって、というのは僕には分からないけれど、もしかしたら、ラ・ルーシェ大公はまだ《ミモザ》を持っているんじゃないだろうかとも思える。日本で盗まれた、少なくとも消息不明になったことが認められれば、大公は《ミモザ》を温存したまま保険金を受け取ることができる」

「…………」

拓人がまだ最後のフォアグラを手に持ったまま呆然としているうち、時間が来た川原はスマートにテーブルチェックを済ませて席を立った。

あり得ない。いや、あり得る。いやそんなことあり得ないだろう……しかし。

ホテルのロビーを出ないうちに、拓人は今一度音羽光子に電話をかけた。やはりつながらない。電源が入っていないのだろうか。報告したくてたまらないという、光子やまりやの気持ちがよく分かった。早く今日のことを洗いざらい光子に話したかった。

午後いっぱい電話はつながらないままだった。拓人は父に夕食までには戻ると約束をすると、自転車で光子の家に向かった。

第六章　アーベントロート

光子がヴァイオリンを始めたのは、もう小学六年生になろうとしていた頃だった。少し上達してくるとプロになるような夢を抱いたことがないわけではない。しかし、いかに北関東の奥地在住の田舎者だったとはいえ、中学生くらいの頃にはおおかたの「勝負」がついているのだと気がつかないわけではなかった。

努力の点においても、才能という意味でも、本当にプロを目指す人たちにはどうしたって追いつかない。しかし、それは初めから薄々分かっていたことで、思い知ったからといってさほどのショックはなかった。

音楽には「趣味」という道がある。それはどんなに才能が無かろうが、英才教育とほど遠いところにいようが、諦める必要のない道なのだ。

将来の進路が曖昧《あいまい》な時にも、自分は研究者としては使い物にならないと気づいてしまった時にも、恋愛がうまく行かない時にも、結婚も何となく手に入らないままだった時にも、能力が充分とは言えない語学や明るいとは言えない性格にうんざりしている時にも、音楽だけはいつもそばにいてくれた。仕事で日々消耗し、乾いて一片ずつ剝《は》がれ落ちてゆくような時も、音楽はその切片を一つ一つ受け止め、潤して、元の自分に戻し固めてくれるのだ……。それは、プロなど目指さなかったからこその幸福だった。何があってもヴァイオリンだけは寄り添ってくれたのだ。

例の《ミモザ》似の楽器は十五年近い付き合いになるが、気持ちの上ではもう三十年も四十年も一緒にいるような気がする。そのくらい大事で、愛着があり、癒《いや》される存在だった。自分の手元にないことなど想像できない。それを、つい数日前に出会ったばかりの少年に預けるなど、普通なら考えられないことだ。が、光子はあえてそうした。直感的には、小林拓人に愛器を預けても大丈夫だと思ったのだ。むしろ、今はそうしたほうがいいと感じたのだった。

拓人を見送ってすぐ、光子のスマートフォンに見慣れない番号からの着信があった。出てみると、それは安住工房からの電話だった。やはりニュースを見ていた安住が心配になって思わず電話したのだという。去年の秋、愛器を譜面台にぶつけた時、友人に紹介された安住に見てもらったことがあったのだが、安住は、あの楽器があまりにも《ミモザ》に似ていると気づいたということだった。

一度調整しただけのヴァイオリンをよく覚えているなと感心したが、プロの職人というのはそういうものなのかもしれない。いずれにせよそれは、素人目ではなく、見る目がある者の目から見ても、光子の愛器と《ミモザ》がそっくりだという証だ。安住は、何なら楽器の調整も兼ねて預かろうかと申し出てきた。が、光子はとっさに、あの楽器は今事情があって遠くの親戚の者が持っていると答えておいた。つい今しがた「フルムーン」でした話が気持ちのどこかにひっかかっていたからだ。安住に何か具体的な疑いを持っているわけではないが、何となく、安住を素直に「味方」としてカウントすることができないのだ。

安住は少し安心したというようなことを言ったが、光子の側にもやもやした気持ちがあるせいか、その言葉はどことなく嘘を含んでいるように聞こえてしまった。

いかんいかん、これじゃいかんと思いはしたが、ならばどうすればいいのかと言われても、そもそも何がどういけなくて、何をどうすればいいのか、見当もつかない。とりあえず光子にできることは、土曜日のアークエンジェルのコンサートを初代のヴァイオリンで弾き切って、来週ラ・ルーシェ大公が何事もなく帰国してくれることをただただ待つばかりだった。

光子が六畳二間の昭和のマンションに帰りついて間もなく、チャイムが鳴った。

宅配で送られてくるようなものは何もないはずだ。約束した友達もいないし、急に訪ねてくるような恋人もいない。というかそもそも恋人がいない。光子は不審に思って、返事をする前にドアスコープを覗《のぞ》きこんだ。そこには、金色の巻き毛をショートカットにした女性の姿があった。

「こんばんは。ラ・ルーシェ大公の秘書、イヴォンヌ・デュシャンです」

部屋の中に人の気配を察知したらしく、女性は（フランス人にしては愛想がいいという程度に）にっこりと微笑むと、きれいな日本語で言った。

何か拒否できない圧力を感じ、光子は思わずドアを開けた。

「ボ……ボン・ジュール……」

しまった。ボン・ソワールか？　いやそういう問題ではない。彼女が一点の曇りもない日本語を話していることに気づいた時にはもう、光子は間抜けな挨拶を返してしまっていた。

「突然お邪魔して申し訳ありません。音羽光子さん、ですよね？　折り入ってお願いがございまして、こうしてお伺いさせていただきました」

ラ・ルーシェ大公の秘書と名乗ったその女性は、もう一度微笑んだ。髪は輝くような金色、アフリカ系の血が入ったような美しい浅黒の肌、優雅としか言いようのない姿勢。そうだった。レセプションの時、光子とは比べ物にならないレベルで大公の通訳を務めていた女性だ。

しかしなぜ彼女が光子の住所を知っているのだろうか？……ああ、そう、そうだった。昨日、名刺を交換した……ような気がする。日本語とフランス語が飛び交う混乱した状況で（少なくとも光子の語学力を超えた状況で）、確か彼女とも名刺交換をしたような気がしなくもない。

「えっ……わっ……ワタシ……ですか？　ええ……音羽光子……ですが……でも……」

でも、なんで？

「あの、ここでは何ですから、中でお話ししませんか？」

そのセリフを口にしたのは光子ではなくイヴォンヌだった。彼女は何とも表現のしがたい圧力で光子を部屋の中に引かせると、ドアを大きく開けて上がり框《がまち》に入り込んだ。

「あ、そうそう、ご迷惑でなければ、こちら、つまらないものですが、どうかお納めください」

彼女が差し出したのは、有名どころの和菓子店の、大きすぎもしなければ小さすぎもしない包みだった。おそらく中身は、光子のような一人所帯の人間にとって迷惑にならない量の、多すぎもしなければ少なすぎもしない、美味しくて上品で日持ちのする干菓子《ひがし》か何かだろう。

「いえそんな、迷惑だなんてとんでもないですが……あの……あっ、ど、どうぞ」

思わず中に招じ入れてからしまったと思ったが、もう遅い。イヴォンヌの動作があまりにも自然だったので、ついそうしてしまったのだった。

部屋は散らかり放題だった。押し入れに入りきらない布団《ふとん》を、人が来るときにいつもそうしているように仕事部屋に突っ込む隙《すき》もなかった。イヴォンヌは靴を脱いで上がり、日本人でもなかなか見ないほど手慣れた動作で、その一見してブランドものと分かるパンプスを控えめなジェルネイルで彩った指先できちんとそろえ直した。

光子は畳んだだけで出しっぱなしの布団を背景に、ヨーロッパ貴族の美人秘書とちゃぶ台を挟んで向かい合うことになった。電気ポットにお湯が入っていてまだよかった。少なくともお茶を出すことだけはできた。しかし……いったい何故この美人秘書の言いなりになっているのだろうか。彼女の名前が赤の伯爵夫人イヴォンヌと同じなのもネックだった。その名は光子にとってある種の魔力を持っている。

「こんな夕方のお忙しい時間に申し訳ありません」

秘書イヴォンヌは心底申し訳なさそうに、しかし、弱々しさやおどおどした様子とは無縁の、毅然としたものを含んだ態度でそう言った。

「大公殿下より、音羽光子さんにお願いがございまして、こうしてお伺いした次第です。実は、明日と明後日の午後、音羽さんに大公殿下のためにヴァイオリンを弾いていただきたいのです」

「はぁ？」

光子は思わず間抜けな声を出した。ネットスラングで言えば、半角カタカナで表記されるやつだ。

たっぷりと三十秒ほど沈黙が続いた。

「ええと……私に誰かヴァイオリンが上手い人を紹介してほしい……というようなことですか？」

「いいえ、違います。是非光子さんに——私にも、皆さんがそうなさっていらっしゃるように光子さんと呼ばせていただけると嬉しいのですが——光子さんご本人に是非にと大公殿下がおっしゃいまして」

ますます訳が分からない。

「ええと、ええと……私に、というか、私が、ですか？」

「はい。殿下は今回、《アーベントロート》というヴァイオリンも持参してこられたのですが、その内々でのお披露目《ひろめ》にあたって、ふさわしい演奏家の方を探しておいでです。大公殿下直々のお願いなのですが、是非、そのお役目を光子さんにお引き受けいただけないかと思いまして」

「…………？」

「もちろんそれ相応の出演料をお支払いいたします。まずは手付としてこちらをお納めいただければと」

差し出された紙片は、いわゆる小切手というものだった。そこには「それなりの金額」が記されていた。

「ちょっと待って下さい！　私はとてもこんな報酬をもらって弾くような腕前じゃないんですけど?!」

「不足ではないのですね？　それはよかったです」

「それに、ソロだなんてとても私の腕では……」

「曲目はお好きなものをお選びいただいて構いません。明日、伴奏者の方とご相談いただけるお時間は取ってあります」

「ていうか、私はただのアマチュアなんですが?!」

「つまり本業のお仕事との兼ね合いもあるということですよね?」

「まあ仕事は今ちょっと暇と言えば暇では……」

「よかった！　ではいらしていただけるのですね！」

「いやその、それ以前に、私はただのアマチュア、つまり、趣味で弾いてるだけの人なんですが?!」

「つまり、マネジメント等の問題もないということですよね?」

「そういう問題じゃなくて、私はですね、一介のアマチュア第二ヴァイオリンに過ぎないん……」

「何も障害になるようなことはないということですね。分かりました」

「というか……その……」

「ありがとうございます！　大公殿下もお喜びになります！」

「ちょ……」

「明日、お昼前にお迎えに伺います。準備していただくものは特にございません。よかったです。さっそく大公殿下にもお知らせしなければ」

秘書イヴォンヌはさっきよりも心底嬉しそうに微笑むと、すらりとした足を少しさすって立ち上がり、傍らに置いていたバイカラーの小さなケリーバッグをそっと持ち上げた。どの動きも優雅極まりない。その優雅さと香水の余韻を残しながら、イヴォンヌはまた一分の隙も無い挨拶をして去っていった。

何が何だか分からないうち、何だか分からない約束をさせられてしまった。確かに、レセプションの時に大公の前でヴァイオリンは弾いている。慣れた曲の演奏だったこともあり、出来は良かったと思う。誰かに上手いと思ってもらえたのならそれは嬉しい。が、パートは第三ヴァイオリンの二人のうちの一人だ。光子個人の力量に感心する人間など、いるはずがなかった。そもそもあの地味なパートの地味な演奏の、どこに興味を持つ要素があるというのだろうか。しかし気づいた時には、さっき取り出された小切手はしっかりとちゃぶ台の上に載っており、もはや断れる状態ではなくなっていた。

しかし、心のどこかに、ラ・ルーシェ大公に関われば、またあのコーディネーターの神崎に会えるのではないかという気持ちがあったことは、誰にも言いたくなかった。

木曜日の午前中は、ヘッドフォンをつないだ電子ヴァイオリンで、ソロで弾けそうな曲を必死でさらうことで終わってしまった。半信半疑で待っていると、イヴォンヌの予告通り、昼前に運転手つきの車が光子を迎えにやってきた。本当だったのだと驚く気持ちが強かった。自分の楽器――《ミモザ》似でないほうの――を持って行きかけて、はっと思い出した。大公は《アーベントロート》を弾いてほしいということだったと。

時価評価がどのくらいのヴァイオリンなのかは知らないが、相当なお品物に違いない。一緒の楽屋にいるのも緊張するような楽器であるのは間違いなかった。気が重い。が、そういう一生に何度もないチャンスに魅了されてもいた。しかしそれでも、やはり気は重かった。試し弾きではないのだ。ちゃんと演奏しないといけない。しかもソロでだ。この自分が、だ。

大公の随行スタッフたちと簡単な――とはいえ高級そうな――昼食を取った後、イヴォンヌが光子を控室らしき部屋に連れてゆき、少し光沢のある絹地でできたロイヤルブルーのドレスを渡してきた。これに着替えろと言うことだ。やや長めのミモレ丈で肩を出したデザインだが、決して派手ではない。イヴォンヌの見立てなのか、サイズはぴったりだった。

着替えてから伴奏者と少し打ち合わせがあり、それから案内されたのは、大公が滞在するスイートルームだった。ここで、他の数人の演奏家たちと順番に休憩を取りながら、隣室で客を迎える大公のために演奏するらしい。

他の演奏家たちはみな非常に若く、音大生のバイトであるらしかった。女性はおとなしめの白ブラウスに黒のロングスカート、男性は黒スーツだ。ピアノ以外のパートは、みなそれぞれの楽器――チェロやフルート――を持参している。この若々しいプロ志向のグループの中で一人だけアマチュアの中年というのは何とも痛々しい。しかも一人だけ衣装がステキなドレスだ。しかも、《アーベントロート》を託されたのは光子だけだった。どうせならみなと同じ衣装、いつもの地味な楽器、いつもの「その他大勢」でいたかった。何故こんな目立つことをしなければいけないのだろう。

よりによって、この自分が。

演奏したのは「愛の挨拶」、「タイスの瞑想曲」、「憂鬱なセレナーデ」、「ヴォカリーズ」などのよくあるヴァイオリン名曲集という感じだった。技術的にはもっと難しい曲もオーケストラでは弾くが、ソロというのはそれとはまた違った難しさがある。気持ちを込めるだの、曲の解釈をしっかりするだのということだけでは曲にならないのだ。テクニック的なことでもない。何かしら、過剰なまでの自己主張をしないと体《たい》を成さないのだ。かといって、自己主張だけしていればいいというものではない。その嘘くささは聴き手に伝わり、見透かされてしまうのだ。

こういう時、光子は自分の能力の限界を思い知らされる。上手いと言えば上手いが、それ以上じゃない……。そう、今こそがその、上手いけど、でも、という奏者の真価が悪いほうに発揮される瞬間なのだ。ああ情けない。情けなくて涙が出そうだが、泣いている余裕などない。ただただ演奏に集中するほかない。光子は確かに、楽譜通りに、いやそれ以上にちゃんと弾いていた。しかし、それはまったく、楽譜通りに、いやそれ以上にちゃんと弾いていた、けど、という演奏でしかなかった。

《アーベントロート》は、確かにいい楽器だった。名前はドイツ語の「夕焼け《アーベントロート》」に由来する。その名の通り、赤系のニスに裏板の楓材《かえで》の木目が美しく映《は》える、見た目も素晴らしいヴァイオリンだ。音色は全体に明るいが、低音には甘みのある陰も感じられ、確かにソロ向きの楽器だった。しかしそうであるだけに反応が恐ろしく良く、ちょっとしたニュアンスもすぐ音色となって現れる。が、一方でその反応の良さがミスを誘発しかねない、言わば「切れるような」楽器でもあった。弓が触れたか触れないかくらいのタッチが音になってしまうのだ。これは超絶技巧の奏者が求めるレーシングカー的な性能であって、光子のような地味な弾き手にはオーヴァースペックだ。かえってやりにくい。

あとはただ、この謎の任務が早く終わってくれることを祈るばかり……だが、そう思っていることさえこの楽器は音にして表してしまいそうで恐ろしかった。何にしても、演奏以外のことを考えている余裕は光子にはなかった。

「お疲れ様。貴族のお相手は疲れるでしょう？」

光子が休憩に入って控室に戻ると、香り高い紅茶を満たしたマイセンのカップを手渡しながら、神崎がそう訊ねてきた。あまりにもさりげなくスマートに差し出されたそのカップを、光子は驚く間もなく受け取った。

「いえ、そんな……特に相手にされているわけでもないですし」

どう答えたらいいか迷った挙句《あげく》、光子は自分が間抜けなことを言っていると気づいて少しうつむいた。

「何ていうか、生BGM要員みたいなものですし……」

なおさら間抜けなことを言っている。しかし神崎は、それに頷きながら微笑んだ。

「まったく、困ったものですよね。誰も聴いてないじゃないですか、あれでは」

実際、生BGM要員なのは事実だった。大公は数か国語の通訳を配し、次から次へと訪れる客人を精力的にもてなしていた。光子は演奏中は観察する余裕もないが、休憩の出入りにちらりと見たところによると、訪れているのは日本人だけではなく、中国人や他のアジア諸国から来ている客人もいるようだった。彼らは特に演奏に耳を傾けるということもなく、本当にただのBGMとして聞き流しているようだった。

「いえ、でも、生の音楽を流したいという気持ちは分からなくもないです。みんな聴いてないように見えますけど、やっぱり生演奏は心のどこかに残ってたりしますから」

きれいごとのように聞こえなければいいが。光子はちらりと神崎を見た。神崎は、目じりが少し下がる、あの甘やかな笑みで応えてくれた。

「そうですね。やはりあなたは真の演奏家だ。大公殿下が見込まれただけのことはありますね」

神崎は最初は大公を少し落とすようなことを言っていたが、さっとその姿勢を変えた。大公を困った人扱いにしなかった光子に合わせたのか、それとも、光子から本音を引き出すためにわざとそうしたのか。表情や仕草からは本音は読み取れなかった。

「何にしても、私としては、もう一度あなたと会えて嬉しい……ああ、ご迷惑でしょうね、こんなこと言われても」

「いえ、そんな、とんでもない……」

光子は頬が赤くなるのを感じて、顔を少し神崎からそむけた。まずい。神崎はまだ三十代だろう。三十代半ば……下手すれば前半だ。おばちゃんに顔を赤らめられて嬉しいはずがない。

「そう思っていただけるとありがたいです。ええと……私もオーケストラのみんなみたいに光子さんとお呼びしていいですか？」

「そっ……」

そんな馬鹿な。

「それは……ええ、もっ……もつろんです……」

しまった。噛んだ。

もう誰か救出してほしい。疲れてはいるが、いっそすぐに自分の出番が来てしまえばいいのにとさえ思う。とはいえ、たった今休憩に入ったばかりだ。

しかし一方で光子は、こうなることを待っていたのではなかっただろうか。いや、でもそれはあくまで妄想レベルでのことだ。妄想が現実になった時、人は自分の見たくもない部分に直面し……いやそんなことを考えている場合ではない。

「そっ、そそそれにしても、いったい何で大公殿下は私みたいなシロートを召喚したりしたんでしょうか。もう全然ワケわかんなくて……」

「そうですねえ、私のような音楽に疎《うと》い者にはよく分かりませんが、きっと、光子さんこそが《アーベントロート》にふさわしい演奏家だとお思いになられたのでしょうね。これ見よがしにテクニックを披露するタイプでもなく、目立たないパートでも丁寧に弾いておられた光子さんの演奏がお気に召したのでしょう」

音楽に疎いと言うわりに、神崎は光子がはっとするようなことを言った。……いかんいかん。こういうのはお世辞というか、社交テクニックの一つに過ぎない。社交辞令的に微笑んでありがとうございますと言えばいいだけのことだ。が、光子は自分の頬が緩《ゆる》む、いやひきつるのを感じた。……だからだめだって。よりによってこの人にみっともないところは見せたくないのだが……

「私もそう思いますよ。あなたの演奏が聴けたことも嬉しいですし、こうしてまたお話してきたことも……ああ、やっぱり迷惑ですよね」

「いえっ！　ぜぜ全然！　それどころか、わ、私も……」

声はだんだん小さくなってしまった。

「う……うりしいです……」

また噛んだ。が、神崎はにっこりと微笑むと、押しつけがましくない程度に右手を差し出して言った。

「もしよろしければ、お名刺をいただけませんか？　その、連絡先を……」

名刺！　バッグはスタッフに渡したままだ。光子は慌ててカップを寄木のテーブルに置くと、自分のバッグをあさりに行った。名刺……いちおう「翻訳家」という肩書を冠した名刺がある。雨宮さくらでもなければ、勝山ルイザでもない名刺が。

少しだけ琥珀色《こはくいろ》のアラベスク模様が入ったその名刺を取り出し、光子はとっさに自分の携帯番号を書き込んだ。何やってんだ、私。何かものすごく悪あがきっぽい。いや、しかし、連絡先をくれと言ったのは自分ではない。神崎のほうだ。

このくらいしてもいいよね？

名刺を受け取った神崎は、しかし、ちらりと後ろを振り返ると、至近距離の耳元でまた後でとささやいてその場を離れた。神崎が視線をやった方を見ると、光子は我が目を疑った。アルベール大公がスタッフの控室にやって来たのだった。

スタッフルームというのは、偉い人からスタッフを解放するという意味もあるはずだ。偉い人の部屋が豪華で居心地がいいのも、スタッフルームに偉い人が来るのを防ぐ役割があるからではないのだろうか。こういうところに一番偉い人が気軽に来られると、こっちは困る。迷惑だと言っても過言ではない。

オフホワイトのシャツの上に、夏物のジャケットを羽織った大公は、ちょっと見にはスタッフと立場の区別がつかなかった。決して庶民的とは言えない雰囲気の人だが、お高くとまってもいない。

大公は目で誰かを探しているようだった。光子は視界の邪魔にならないようそっと壁のほうに場所を移した。が、大公はその光子を目で追うと、にっこりと微笑んだ。

ちょっと待て……。敗北したという記憶しかない留学時代の悪夢がよみがえる。社交の場で貴族相手におフランス語か。どうせしどろもどろになって失望されるに決まっているのだ。

「ミツコサン」

大公はそう呼びかけてきた。この間のレセプションでオケの仲間や黒瀬まりやがそう呼んでいたのを覚えているらしい。

「今日は来ていただいてうれしく思います。本当にありがとう。私も、随員一同も、あなたをとても歓迎しています」

大公の発音は、聞き取りやすいきれいなお手本のようだった。

「もちろん《アーベントロート》も。いかがですか？《アーベントロート》は？あれは私の個人所有の楽器の中で最も……」

大公は、高価《シエール》な、と聞こえるかどうかというささやき声で言い、悪戯めかした表情で微笑んだ。

「ええと……た、大変素晴らしい楽器だと思います」

音が派手で、悪い意味でも反応が良すぎて、弾きにくい、勘弁してほしい、というかこの仕事自体が何なの、若くてピチピチのプロの卵たちに混じって演奏して、むしろ恥をかきに来たようなもんじゃない、ええかげんにせえよわりゃー、とはとてもじゃないが言えない。

「でも、私にはちょっと過ぎた楽器かなと」

「過ぎた、とは？」

「つまり、ああいうヴァイオリンは、超絶技巧のソリスト、プロの方にこそふさわしいものではないかと思います。私はご承知の通り、ソリストタイプではありませんし、何よりアマチュアです。あまり相性が合う気はしません」

「そうですか……。正直なご感想で嬉しいです。この楽器を弾いてもらったヴァイオリニストの方々には、何度も、是非この楽器を譲ってほしい、いくらでも出すと言われるくらいなので、自信があったのですが」

「ええ、プロの方には魅力的だと思います。いい楽器です。いい楽器過ぎるんです。私には」

「でももし仮に、これがあなたのものになると言われたら、あなたは欲しいとはお思いになりませんか？」

口頭で反語の接続法（現実に反する仮定）をやられるのは苦手だ。

「ええと……正直、微妙です。宝の持ち腐れになるでしょう」

はいでもいいえでもない、玉虫色の回答をひねり出す。

「でも、手元に置いておいて、いつかは弾けるようになりたいと思わないものでしょうか？」

だから反語の接続法は苦手だってば！　しかし光子の中では、まったく違った感情がふいに沸き上がっていた。それまでの信念のようなものがぐにゃりと形を変える。

そう、もしも、もしも仮に、現実に反する仮定として、《アーベントロート》が自分のものだったら？　もしもあのヴァイオリンが自分のものだったら？　自分のものだったら……？

「それは……私に限らず、ほとんどのヴァイオリン奏者が夢に見ることでしょう。高根の花のスターが自分の恋人になる夢を見るみたいに……」

光子は大公から目を逸らした。

「あんまりそんな話をなさらないで下さい。夢は結局、夢でしかないですから。それに、私は、今自分が使っている楽器が好きです。派手に鳴るタイプではないんですが、うまく鳴った時は、きっとグァルネリウスのコピーとして作られた楽器なんだろうなと思える、とてもいい音が出ます。それに、何より、地味な私に寄り添ってくれている感じが好きです。高価な楽器ではないのですが……」

大公の《ミモザ》にそっくりな楽器の話はしづらい。いや、逆かもしれない。他の誰でもないラ・ルーシェ大公が光子の楽器を「似ているかもしれないが、及びもつかない安物の楽器」と認めてくれれば、あらぬ疑い——まだ誰からもかけられていないヴァーチャルな疑いだが——を免《まぬが》れるのではないだろうか。

「レセプションの時に弾いておられたものですか？」

「いいえ、もう一つのほうの楽器です。殿下の前では言いにくいのですが、見た目が

《ミモザ》によく似ていて……あ、ええと、私はまだ《ミモザ》の実物は拝見したことがありませんが、昨日保険会社が公開した写真とてもよく似ていて……友人たちに犯人はお前だと言ってからかわれました」

少し話を盛った。が、昨日の話の流れからすれば、嘘とは言えない。

「そうですか。では、どうでしょう？　明日、あなたの愛器をご持参いただくというのは……？」

「えっ、つまり、明日は自分のいつもの楽器を弾いてもいいということですか？」

「お願いできますか？」

はいと答えてしまってから気づいた。それじゃそもそも私を呼ぶ意味がなくなるのでは？　《アーベントロート》を弾くという目的で招集されているはずだ。

「ではそういたしましょう。今日はまだ《アーベントロート》を弾いていてください。あなたもあのヴァイオリンを心底愛して下さることを願っています」

大公はそう言うと、控室を出て行った。

いったいどうしてそんなことを……。アルベール大公はいったいなにを考えているのだろうか。自分の所有になる楽器の優越性を光子に思い知らせたいだけなのだろうか。しかし何のために？　もし光子が本気で《アーベントロート》を好きになってしまったとしても、それは手に入らないうたかたの夢なのに。何故光子にそんな思いをさせようとしているのだろうか。

しばらくして自分の出番の時間がやって来た。《アーベントロート》をスタッフから受け取ってピアノの前に立つ。自分には過ぎた楽器。もしそんな遠いアイドルに恋をしてしまったら、二度と元の楽器に戻れなくなったりしないのだろうか……

反応が速すぎて変な音を出してしまいそうになるのは相変わらずだったが、慣れてくると、弦から弦へと移る労力やヴィブラートの力加減が少なくて済む分、その力を微妙なニュアンスに回すことができる。素人とはいえ、もう三十年ヴァイオリンを弾いているのだ。そのくらいのことはできる。もしも、万が一――現実に反する仮定として――この楽器が自分のものだったら？　自分のものだったら？　自分のものだったら？　いや、そんなことは考えないほうがいい。

光子は明日は自分の楽器を持ってこようと心に決めた。小林拓人に預けていたヴァイオリンを受け取って来なければ。もはや何のために、どういう意味でこの仕事をしているのか分からなかった。後はただ、自分の持ち時間いっぱい、この自分には過ぎた楽器を必死で弾くだけだった。

スマートフォンの電源を入れると、拓人からのテキストメッセージが入っていた。何度か電話をしてきたらしい。こちらから電話をしてみたが、今度は向こうが出なかった。何にしても今日中に連絡をつけて、ヴァイオリンを返してもらわなければならない。短期間で預かれと言ったり返せと言ったりでは拓人も迷惑だろうが、仕方がない。

またしばらく経ってから電話をしようと思い、光子はとりあえずスマートフォンをバッグにしまった。

身体の疲れはさほどではないが、気持ちが疲れ果ててしまっている。最初はあれほど弾きにくいと思った《アーベントロート》は、馴染んでゆくとまた違った側面を見せ始めたのだった。それは、自分でももっと遠くに行けるのではないかという気持ちを起こさせる何かだった。ソロには向いていないと思っていた自分、第二ヴァイオリンの最後尾がお似合いだと思っていた自分、地味なだけだと思っていた自分……それは案外、幻なんじゃないだろうか？　もし翼が与えられたのなら、自分でももっともっと高く遠く飛べるのでは？

帰りの車から一歩外に出て、身体にまとわりつく熱気と湿気に捕らえられると、疲労感が一気に増したような気がした。

だめだ。《アーベントロート》のことは忘れたほうがいい。自分にソリスト的な才能があるような気がするのも、自分には過ぎた楽器が見せる幻だ。幻想に違いないのだ。

古ぼけたマンションの階段――光子は五階建ての四階に住んでいるが、エレベーターというものがない――を上り、夕日を背中に浴びながら、いつも通り鍵穴に鍵を差し込む。光子の中で、何かが小さく声をあげた。かすかな、聞き取れないくらい小さな声だ。何だろう。何かが違う。直感的に、何かが違う、とそう感じた。あくまでもそれは直感にすぎず、何か具体的なものに目を留めたとか、異変があったというわけではない……ような気がする。

鍵を回す手が止まった。

嫌な感じがする。

何とも言えない嫌な予感めいたもの。

光子はしかし、他にどうしようもなく、普段通り部屋に入った。

一瞬、ほんの一瞬だが、何かが鼻先をかすめた。何だろう。香り……甘い香水のような何か……？　何かの香りが記憶の中からよみがえっただけのような気もする。いわゆる「幻臭」というやつか。しかし何故？　いや、実際に何かをかぎ取ったような気もする。が、いずれにせよ、その感覚は一瞬で消えてしまった。

　この嫌な感じは何だろう。光子は部屋の中を見回した。大嫌いなあいつら——皆がふざけて「G」と呼ぶあいつらがいるのだろうか。ヴァイオリンがあるということもあって、対策は万全にしている。スプレーの殺虫剤は楽器のためにも使わないで済むようにしているつもりだ。いや、そんなものではない。虫じゃないとすれば何だろう。霊？　もう十年以上住んでいるこの部屋で、今さら心霊もないものだが……

　一応（人間のためではなく、楽器のために）室温は高くなり過ぎないよう気をつけているが、何分古い家に安いエアコンなので、絶対に万全という自信はない。楽器に何かあったのだろうか。光子は、仕事部屋の小卓に置いている楽器ケースに目をやった。一つしかない！　一瞬、胃の腑に衝撃が走る。が、すぐに思い直した。……あ、そうだった。黄色いほうは小林拓人に預けたんだった。

　光子はその古ぼけたヴァイオリンケースに手を触れた。嫌な感じはおさまらない。

　まさか暑さで板が割れちゃってたりしないよね。

　次の瞬間、光子は一つの具体的な異変に気づいた。

ヴァイオリンの弓が足元に落ちていたのだ。

いかに古いほうの楽器の扱いがいいかげんになりつつあるとはいえ、これはない。慌てて楽器ケースを開けた。ヴァイオリンはちゃんとそこにあった。ただ弓だけがケースから外に落ちているだけだった。

光子は、部屋に入ろうとするときに感じた嫌な感じの正体に気づいた。

鍵を開ける方向に回した時、ひっかかる感触がなかったのだ。

つまり、鍵がかかっていなかったということだ。

鍵をかけ忘れて出かけたという焦りと、同時に、そんなはずは絶対にないという確信がやって来た。鍵をかけていないわけがない。運転手つきのお迎えの車などを寄越されてびっくりした光子は、いろいろ焦って行動し、鍵をかける時にももたもたしてしまって、最後に本当に鍵がかかっているかどうかドアノブを回して確認したのだ。普段はやらないこの動作を、光子はよく覚えていた。

膝が震えた。コントのようなへっぴり腰で玄関に戻り、夕日で温まったドアノブを見る。

鍵穴に大きな傷がついていた。

一気に汗が噴き出す。暑さで噴き出すのとは全く違った、ねっとりとしたいやな汗だ。

「あっ、いたいた。光子さん！」

再び胃の腑に衝撃が走る。脊髄《せきずい》反射的に不自然なほど素早く振り返ると、階段のところに立っていたのは小林拓人だった。

思わずその場にへたりこんだ。スカートが汗で足に貼りつき、ただへたりこんだのよりなおさら不格好なへたりこみ方になってしまった。

「ちょ……どうしたんですか？　そんなに驚かせました？」

「あっ……あの……あれが……あれが……」

「ちょっと何言ってんだか分かんないですけど、どうしちゃったんですか？　何か変ですよ？」

「私の……私の……楽器……」

数分間立ち上がれない状態に拓人を付き合わせた後、光子はようやく、自宅に誰かが侵入したことに思い至った。

「泥棒、ですか？」

拓人の問いに、光子は斜めに頭を振った。

「かもしれないし、そうじゃないかもしれない」

「警察呼んだ方がよくないですか？」

「警察……かぁ。今、警察と関わり合いたくないのよねえ」

ということでも後ろ暗《うし》い人のようだが、そうではない。しかし、いかに拓人に預けているとはいえ、光子は歴然としてあの《ミモザ》にそっくりな楽器の持ち主なのだ。

マンションの狭苦しいエントランスの温まりきったベンチに腰を下ろすと、拓人は持っていたコンビニ袋からまだ開封していないスポーツドリンクを一本、光子に渡してくれた。拓人自身は、百害あって一利なしとしか言いようのない、毒々しい色のソーダを飲み始める。一息ついた光子は、いったん部屋に戻って改めて鍵を確認すると、またエントランスに戻って来た。拓人の存在で思った以上に落ち着いて行動できる。

「で、取られた物とかは？」

「分からない。まだ何も見てないし。……いや、ヴァイオリンはあった」

「通帳とか印鑑とかは？」

「だからまだ何も見てないんだってば」

「やっぱり警察に通報しましょうよ。そのほうがいいですよ」

「そう……だけど……ううう」

一見して部屋が荒らされた様子はなかった（はず）。ヴァイオリンも、弓が外に落ちていたということはケースを開けられたということだが、楽器自体は無事で、少なくとも一目で分かるような損傷はない。しかし……

「あっ、そうだ！」

拓人が何か思いついたようだった。

「あのほら、あの人、誰でしたっけ……そうそう、久保田さん。久保田さんに相談するというのはどうでしょう？」

そうだ……。久保田和志。あのミステリマニアなら、こういう時どうすればいいのか知っているかもしれない。

フリーエンジニアで勤務が不規則な久保田だが、来てくれるかどうかはともかく、少し時間があればアドバイスくらいはくれるだろう。

光子が電話をかけると、久保田は部屋に入らずに待っていろと言ってくれた。

どうすることもできず、エントランスを行き来する住人たちに若い男と一緒に座っていることを奇異の目で見られていないかどうかとびくびくしながら待つ。久保田が来たら来たで、また年下の男に助けてもらうわけだ。情けない。情けないとは思うが、そう思っていることは誰にも気づかれたくなかった。

三十分ほどすると、マンションの臨時駐車スペースに久保田の車が入って来た。

「現場は保全してるか？　……ならいい。何も触ってないか？」

「ええと……ヴァイオリンの弓が落ちていたから、思わずケースは開けたけど……それだけ。今はケースも元通りにしてある」

「弓が、って、つまり、ケース開けられたってこと？」

「だと思う。楽器は一見しては何ともないように見えたけど……」

「通帳とか印鑑とか確認してないよな？」

「まだ全然。どうしよう、あるかどうか分かんない。確認しとけばよかった」

「いや、いいんだ。何も触らないほうがいい。隠しカメラを仕込んどいて侵入した痕跡だけ残して、住人が貴重品を確認するところを盗撮して貴重品のありかを探り出すっていう手口がある。それだと、通帳を確認したりするとわざわざ場所を教えてやってるようなもんだから。

ちょっと待ってろ」

久保田はいったん車に戻っていった。改めて恐怖感が襲ってくる。隠しカメラ……ノートパソコンと何やらアンテナのようなもののついた装置を持った久保田が車から降りてきた。

「ちょっとこっち持ってて」

久保田はパソコンを光子に渡すと、一緒に来いという身振りをした。

三人で光子の部屋に上がる。夕日はもう、裏の住宅の陰に隠れてしまった。久保田が人差し指を唇に当てて喋るなという指示を送ってきた。光子と拓人は黙ってうなずき、久保田の後に続いた。

「さあ！　おばちゃんを狙うエロい奴は、オレが退治しちゃうよー！」

久保田はわざとふざけた声をあげた。辛《かろ》うじて玄関のドアを閉めたところだから多分大丈夫だとは思うが、誰かに聞かれはしなかっただろうかと光子は肝《きも》を冷やした。

久保田が謎の装置の電源を入れると、パソコンに何やらグラフのような線が現れ、手にした機械からはビービーいうノイズが鳴り始めた。

「盗聴器かカメラか知らんけどな、こっちはネットで売ってるちっこい機械なんかよりゼンゼン高性能だかんね！　なめてんじゃねえよ！」

久保田はパソコンを覗き込んだ。

「二波《には》来てるな」

「には？」

「そ。つまり、二個取り付けられてるってこと。……ああ、逆探知とかはムリだから。っていうか、多分今の俺らの会話聞いて犯人はもう電波の届かないところに逃げてるだろうな」

久保田は装置を手にして壁、特にコンセントやテレビ、照明のスイッチの周りを撫でまわすように探っていった。時間はかかったが、久保田は二つとも見つけ出すことができた。

寝室兼居間――ああ、また布団が出しっぱなしだ――の電源タップの一つと、仕事部屋の本棚から反応があった。久保田は電源タップを引き抜き、本棚を探った。本棚にはカメラが仕掛けられていた。ごく小さなカメラ本体は本の後ろに隠され、本と本の間から細いノズルのようなものの先についた二ミリ程度のレンズが覗いている。

「すごいなこれ。こんなの見たことない。相当高価なやつだ」

久保田はカメラの電池を抜き、念のため盗聴器の電源タップを分解して電池式でないことを確かめた。

「マジでカメラっすね。ちょっとビックリなんですけど……」

拓人が恐る恐るのぞき込むと、久保田は拓人と光子にそれを見せた。

「カメラは電池式だから、長期間は使えない。短期決戦で何か探ろうとしたんだな。心当たりは？」

「って言われても……」

あのあたりの本は最近手に取っていなかった。埃《ほこり》が積もっていたところをわざわざ選んで仕掛けたのだろうか……。いずれにしても、素人が思いつきでしたこととは思えない。もっとも、こういう判断自体が素人判断なのだが。

「いや〜、恨みを買うほど目立ちもしないし、ストーカーされるほどモテもしないし、妬まれたり羨ましがられたりする要素は……」

「あるわけないよな。最近誰か家に入れたか？」

「今、あなたたち二人」

「そうじゃなくて」

「先々週、編集助手の人がゲラを持って来たくらいかな」

「お前まだ紙でゲラやってんの?!」

「うるさい。余計なお世話じゃ。あとは宅配くらいか……あっ！」

イヴォンヌ・デュシャン。その名が突然ひらめいた。

「何？」

光子がその名を口にすると、久保田は奇妙なものを見る目つきで光子を見た。そんなふうに見られても困る。私の責任じゃないのに。

「イヴォンヌ……？　デュシャン？　誰それ？」

「ラ・ルーシェ大公の美人秘書」

「マジか？　怪しいな。それ本物か？」

「本物よ。今日もアルベール殿下の傍にいたもの」

面倒だが、光子は久保田と拓人にラ・ルーシェ大公から来た演奏の仕事の話をした。長年の音楽仲間の久保田と、間違いなくヴァイオリンの天才であろう拓人に《アーベントロート》のことは知られたくなかった。恥ずかし過ぎる。

久保田はあんぐりと口を開けた。

「マジか……？　マジなのか？　で、何？　今日、弾いてきたの？」

「……そう」

「マジか〜。ちょっと待て、何？　その、大公のいいヴァイオリンを？」

「時価四千万だそうですよ。オークションにかけたら四千万スタートで七千まで行くかもって黒瀬さんが言ってました」

今度は光子と久保田が驚いて拓人を見た。

「何？　まりやさんと話したの？」

「ああ、その話は後でします。先にその美人秘書がどうとかいう話を済ませちゃわないと」

それもそうだ。

「そう。昨日来たのよ、昨日の今頃の時間。昨日、『フルムーン』から帰った後に。ここに来て、その仕事の話を一方的にして、勝手に決めて、帰っちゃったのよね。時間にしたら十五分、いや十分もないくらいかな……。彼女がここにいる時に私が席を外したとかはなかったけど」

「いやばっちり家知られてるでしょ。家の中の構造も」

「そっか」

「今日はずっとオリエント急行ホテルに拘束されてると知ってるわけだし。……いやちょっと待て」

「何？」

「『赤毛連盟』か……！」

久保田はいきなりシャーロック・ホームズの話をし始めた。曰く、そもそもその《アーベントロート》の仕事自体が、光子を自宅から確実に引き離すための方策だったのではないかということだ。

「ちょっ……待っ……つまり、何？　ラ・ルーシェ大公が黒幕っていう話？」

「に、なるかな」

「ますますワケ分かんないんだけど」

分かるわけがない。ヨーロッパの王侯貴族が何故一体、こんな野々川町の裏通りの昭和のボロマンションに住む無名の翻訳家に目をつけるというのか。

「頭痛いわ……」

「俺もです」

「俺もだよ。だけど、ホームズ曰く、不可能をすべて取り除いて残る答えが、いかに信じがたくとも、それが真実だ、とね」

「まだ一コも不可能は取り除けてないんだけど……」

それどころか、検討が始まったばかりなのに一番怪しくなさそうな人間を仮想敵に仕立て上げている。こういうのは、どの探偵でもダメだと言うのではないだろうか。

「いや、まだ真実とまでは言わないが、案外悪くないところに来ているかもしれない。何しろ、音羽、お前、《ミモザ》にそっくりな楽器持ってるだろ」

俄然《がぜん》ラ・ルーシェ大公が怪しい人物に思えてきた。

「ちょっと待って。でも、私、レセプションの時は今ここにある楽器を持ってったから、大公関係者は誰も私の楽器が《ミモザ》に似てるって知らないんだけど」

「ああそうか……」

やっぱり拙速の推理はどの探偵でもダメと言うだろう。

「もし知っていたとしても、どうするつもりかなあ。単に見た目が似ているというだけで、天と地……とは私の愛器に対して言いたくないけど、ミサイルと軽自動車くらいの価格差の楽器をどうしろと」

「いや、見た目さえ似ていれば使い道はある。そっくりな楽器を公開して《ミモザ》は失われていないと言っておいて、調子が良くないのでコンサートでは大里峰秋に弾かせないということにすればいい」

「で、それで、アルベール殿下に何の得が？」

「少なくとも、大公の体面は保たれる。古い弦楽器を気候の違う国に持って行くと不調になることはよくあるだろ？　弦楽器は面倒くさいよな」

「雑な金管と一緒にしないで欲しいわね。まあ確かに……」

「いやちょっと待って下さい」

拓人が口を挟んだ。

「僕が今日聞いた話は、むしろそれとは全然逆なんですが」

拓人は、今日聞いてきたという、黒瀬まりやと川原稔の話をした。

アルシェ建設の本社にふらりと立ち寄って社長夫人を呼び出したという話もびっくりだったが、拓人の話の内容もびっくりだった。控えめな職人に見えた安住誠二の強引さと、ラ・ルーシェ大公の保険金詐欺説……。前者は唯一細工をするチャンスがあった人物で、後者は最も謎の多い人物だ。

「なんか……どっちも怪しく思えてくる……私、昨日安住さんから電話もらって、心配だから楽器預かろうかって言われたのよね……」

「何だそりゃ。むちゃくちゃ怪しいな。で、何て返事したの？」

「『今は事情があって遠くの親戚が持ってる』って答えちゃった。だって、ホラ、味方を欺《あざむ》くには敵から、って言うでしょ？」

「違うと思います」

「あっ……ううう、とにかく、何となく拓人に預けてるっていうのは誰にも言わないほうがいいような気がして……」

「正解だったかもな。いちおう安住も疑ったままにしておいたほうがいい。しかし、大公の保険金詐欺説は不可解だな。そうなってくると、大公にとって、音羽の楽器を手に入れる意義はなくなる」

「だよねえ。ていうか、そもそも、殿下は私の楽器を知らないんだってば」

「ということは、やっぱり一番疑わしいのは安住さんってことですか……」

「俺からしたら、秘書だって黒瀬まりやだって怪しい。コーディネーターとかホテル関係者とか、警備関係者も怪しい」

「あっちから見たら、光子さんだって怪しいですよね」

「やめて！　私の楽器はただ見た目が似てるっぽいだけだから！」

依然として不可能は一つも取り除けない。いくら話しても同じところをただぐるぐると回るばかりだ。

「う〜ん」

「う〜ん」

「ううう……」

三人は黙り込んだ。もう何のアイディアも出て来ない。

しばらく皆で沈黙して座り込んでいたが、はっと気づいて光子が立ち上がった。

「とにかく、私、明日もヴァイオリン弾かなきゃいけないのよ！　早く寝ないと肌が荒れるから、二人とももう帰って！」

「待って下さい。光子さん、今日ここで寝て大丈夫なんですか？」

拓人の指摘にどきりとした。確かに、侵入した者の正体も目的も分からない以上、この部屋が安全かどうか、光子自身に危害が加えられる可能性が全くないのかどうか、誰にも分からない。

「今夜はどっか泊まったほうがよくないですか？　ビジホとか」

「一人で泊まるのも安全かどうか分かんないだろ。鍵もピッキングしにくいやつに取り換えたほうがいい。鍵屋の心当たりがあるけど、どんなに早くても明日の午前中だな。今日は誰かのうちに泊めてもらえ」

行く当てがないわけではない。以前から、オーケストラ・サミズダート時代の仲間だった都下の友人夫妻の家に泊まりに行くという話はあったし、彼らは社交辞令抜きでいつでも来ていいと言ってくれていた。もしかしたら泥棒が入ったかもしれないと事情を話せば、本当に今夜すぐにでも泊めてくれるだろう。

「金品目的じゃなさそうだが、いちおうキャッシュカードと印鑑くらいは持って行ったほうがいい。宝石類はどのくらいある？」

「二束三文のアクセサリーくらい」

「もし必要なら俺が預かる。あとはパソコンか。パスワードはかかってるな？　中身は本番終わったらチェックするから電源は入れるな。それから……」

久保田はその他二、三の確認事項を口にすると、光子のさほどの価値はないが愛着のある宝飾品を預かって帰っていった。カメラと盗聴器も、研究したいという久保田に持っていってもらった。明日また拓人にも楽器を持って来てもらわなければならない。

ああ……何でこんなことになっちゃったのだろうか。せめて夢の中だけでも神崎に慰めて欲しいと思わずにはいられなかったが、そう都合のいい夢は見られなかった。

第七章　東京の休日

金曜日は快晴だった。暑くなりそうだが、せめてもの慰めというべきか、湿度だけは低い。まあどうせ楽器を持ってゆくのは冷房の効いた屋内と、やはり快適な温度に調整されているだろう車の中だけだが、いずれにしても湿度が高すぎないのはありがたい。

光子は午前中の用事——友人夫妻の家を辞去し、玄関の鍵を交換し、拓人から楽器を受け取る——を機械的にこなした。いつもと違うことを立て続けにするのは苦手だったが、仕方がない。それより、今日の最大の懸案は午後の用事だ。光子は無難なワードローブから、ベージュのセミタイトスカートとオフホワイトの七分袖ブラウスという、これ以上無難になりようがない服を選んだ。

できればこの無難な服のまま演奏させて欲しい。それ以前に、できることなら行きたくない。いや、できなくても行きたくはない。そもそも、何故私が行かなければならない。

らないのだろう？　光子は根本的な疑問に立ち返った。《アーベントロート》を弾かないんだったら、何故私が行く必要があるのだろう？　いやいや、《アーベントロート》を弾かせるにしても、もっと適任な――もっとちゃんとした――奏者がいるだろうに。行きたくないなあ。ていうか、なんで断っちゃいけないのだろう？　約束しちゃったから？　相手がえらいひとだから？　ラ・ルーシェ大公アルベール殿下の機嫌を損ねると、スポンサーたる黒瀬まりやの面目を潰《つぶ》すから？　ジュリアン神崎に会えるから？

光子は頭を振ってその考えを追い出し、迎えの車を待つ間、濃すぎもしなければ薄すぎもしない化粧をした。薄化粧で映えるほどの容姿でもないし、厚化粧をしてきれいに化けられる容姿でもない。

ラ・ルーシェ大公一行が滞在するホテルでは、昨日とは違ったシャルトルーズ・グリーンのドレスを渡された。自分には黄緑は似合わないと思っていたが、いや、フューシャピンクやカナリアイエローやスカーレットや、似合わない色は無数にあるが、よりによって黄緑とは……。しかしここで違う衣装はないのかと聞く勇気は光子にはなかった。それならいつもの黒ドレスを持ってくればよかった。いや、こういう色を用意するくらいだから、黒などという辛気《しんき》臭《くさ》い色は許可されなかったかもしれない。

が、よりによって黄緑とは……

光子は不満を顔に出さないよう気をつけながら、渋々とその華やかなドレスを身に着けた。

この日は一か所に留まった昨日とは違い、大公があちこちの学校や企業を訪問する日だった。光子の出番はあったりなかったりで出る幕は少なく、そのせいか伴奏のピアニストも一人しかいない。そのバイトの音大生の女の子は随員と一緒の車で移動したが、光子だけは大公と秘書イヴォンヌが乗る車に乗せられた。居心地が悪いことこの上ない。どうせなら……どうせなら神崎の乗っている車で移動したい……いやいや、それはそれで緊張する。いやでも、どうせなら……

何にしても、自分は何をしているのだろう？

「少し緊張していますか？」

ある学校での演奏の後、車に戻ったアルベールが訊ねてきた。

「え、ええ……少し」

「いつもの通り弾いてくだされればいいんですよ。お気楽にね」

「でも……私はソリストじゃないし、プロでもありませんし……」

緊張するなというほうが無理だ。

「いいえ、あなたはいい奏者だ。音楽に対しても楽器に対しても誠実だ。緊張さえ緩めれば、もっといい演奏ができる」

それが一番難しいんじゃないですか。

大公のスケジュールは詰め込み過ぎの様相を呈していた。予想した通り、冷房の効いた場所を行き来したが、車の中はさすがに建物の中ほど涼しいというわけにはいかず、その温度差の繰り返しが気になった。楽器にとっては必ずしもいい環境ではない。当然アルベールもそれを気にしていたが、だからこそ、一番念入りに温度調整された自分の車に光子を乗せることにこだわった。チャンスがあったらバイトのピアニストと一緒の車に乗ってしまいたかったが、これで理由は断たれた格好になる。やれやれ、だ。

ああ……神様。何事も起こりませんように。

もうあと数件で今日の予定は終わりになる（らしい）。時刻はもうそろそろ夜の七時になろうかという頃だった。

あるホテルの正面玄関前で、車に乗り込んだアルベールが突然、大きなため息をつくと、助手席に座ろうとした秘書を止めた。

「悪いが、昨日のソリストたちを呼んでくれないか？」

「はい？」

「昨日の音楽家たちだよ。連絡はつくのだろう？」

イヴォンヌと光子は顔を見合わせた。

「早くしてくれ。彼らをもう一度呼び出してもらいたいのだ」

光子は両手が冷たくなってゆくのを感じた。アルベールはやっぱり、光子の演奏に不満なのだろう。

「でも……」

「できないというのかね？　彼らに電話をして、呼び出す、それだけだ。何故できないのだね？」

秘書は光子に助けを求めるような視線を向けてきたが、光子にどうにかできることではない。

何故できないかって、そりゃ彼らにも予定というものがあるからでしょうに。光子は心の中で思ったが、口には出さなかった。私の演奏に不満なら、はっきりとそう言えばいいのに。

「少々お待ちください」

イヴォンヌは急ぎながらも静かに車のドアを閉めると、後方の随員たちの車に向かった。

「今だ。できるだけ静かに行ってくれ。気づかれないように！」

アルベールが英語でそう言うと、運転手は音もなく静かに車を発進させた。

光子は声にならない驚きの声をあげた。

「しっ！　静かに！」

しかし……

こういう静かな発進はハイブリッドカーならではだろう。車がホテルのアプローチを完全に出てしまってから、光子はアルベールと運転手が前もってしめし合わせていたということに気づいた。

「ちょ……ちょっと待って下さい！　これ……！」

もう静かにする必要もないくらいホテルから離れてから、光子は可能な限り小さな声でアルベールに言った。

「何って？　それはあなた、決まっているでしょう？　ローマの休日ならぬ、トーキョーの休日ですよ」

「って……あの……」

「さあ、どこか面白いところはないかな？　逃げ込みやすくて、楽しくて、音楽があるところがいい」

光子の脳裏に反射的にひらめいたのは、森田ヒルズのミュージック・フェスタだった。六本木ならここからさほど遠くはない。

「ミツコサン、今、何か思いついたような顔をしましたね？」

アルベールはさっきの不機嫌そうな様子とは打って変わった、悪戯っぽい笑みを見せた。

「いえ、その……」

「言ってください。何か面白いことがあるんでしょう？」

光子は白状した。ここでミュージック・フェスタのことを隠しても仕方がない。というか、行くならむしろ安全で無難なところだ。いやそれ以上に、ここにいそうだと予想しやすいので、イヴォンヌたちに見つかるのも時間の問題と言えるのではないだろうか。そのほうがいい。

「それは楽しそうだ！　君、六本木に行ってくれ！」

運転手は大きな交差点を左折し、すぐに裏道に入った。

「私は自分のスマートフォンは置いていきます。きっと秘書がＧＰＳを仕込んでいるに違いないからね」

アルベールはそう言うと、上着の胸ポケットから自分のスマートフォンを取り出して、わざとらしい儀式めいた動作でシートの上に置いた。

「待って。だったら……そう……私たちを森田ヒルズで下ろしたら、あなたは目立つ道を行って横浜方面に向かって」

光子が運転手にそう言うと、彼はうなずいた。

何やってるんだ私。見つけて欲しいんじゃなかったのか？

「いい考えですね！　ミツコサン！　それからミツコサンも楽譜は置いていってください。最小限の荷物と……そうですね、あなたの大切な楽器だけは持って行きましょう」

もう反論も疑問もあったものではない。森田ヒルズの美術館の裏手に当たる一方通行の細道で、アルベールは光子を引っ張り出すようにして車を降りると、そのまま日暮れ時の夕闇に紛れ込んだ。

もっとも、夕闇だったのはほんの一瞬で、すぐに二人は明るく賑《にぎ》やかなイベント会場にたどり着いた。

広い森田ヒルズのあちこち――広場、回廊、ショッピングセンター、地下街、庭園、美術館、屋上、ビルのロビー等々――に、色とりどりの明かりが灯り、音楽グループや大道芸人やフードトラックが、互いを邪魔しないくらいの適度な距離を保ちながら散らばっていた。

「ほう、これは楽しい！　いいところに案内してくれましたね！　ありがとう！」

アルベールは心底楽しそうに光子の手を引いて歩いてゆく。気恥ずかしかったが、はぐれてしまっても困るので、光子も恐る恐るその手を握り返した。

広場の巨大なサソリのオブジェの足元では、ギターを弾く女の子と共演しているジャグラーが、華麗な手つきでガラス玉を操っている。向こうにいるポップスの木管アンサンブルには、光子がオーケストラ・サミズダートで一緒だったオーボエ奏者がいる。さっき通りかかった弦楽四重奏団のチェリストは、エキストラとしてあちこちのオーケストラを助けてくれるエキスパートで、光子とも何度も共演している。どこかのバインミー屋台には力也もいるはずだ。

光子は少しばかり落ち着きを取り戻した。

ここは少なくとも、アウェイの地ではないのだ。何より、音楽がある。

いずれこのささやかな休日も見つけられて終わりを告げるのだ。その間、大公に付き合ってあげるのも悪くはないかもしれない。

広場を行きかう人々は、さすがに六本木らしく、変わったファッションに身を包んでいる洒落者も多い。……が、それでも、光子のこのわざとらしいほどのフォーマルドレスは悪目立ちする。アクセサリーのブティックのウインドウに映る自分の姿を見て、光子は突然それに気づいて愕然とした。いや気づかないよりはずっといいが。

「あの……ちょっとこの服を……ええとその、着替えたいんですが……」

森田ヒルズには確かファストファッションの大きな店舗も入っていたはずだ。

「そうでした。気がつかなくて申し訳ありません。では何か買いましょうか」

アルベールは平然とシャネルやルイ・ヴィトンが並ぶ一角に足を向けようとし、光子は慌ててその行先から目を逸らした。

「ああ、あなたはどちらかというともっとシンプル・シックなほうがお好みかな。ではあちらで」

アルベールは光子の視線の先にあった店に行先を変えた。「ボッティチェリ」だ。そちらもいい加減高級ブティックだ。いや違います違いますってそこを見たわけじゃなくてただその……と光子が言いかけた時にはもう、店員がドアを開けて二人を待っていた。ここでラ・ルーシェ大公に恥をかかせるわけにはいかない。光子はうつむきながらアルベールについて行こうとしたが、レディ・ファーストとやらで前に出ざるを得なかった。まずい。ここでおどおどしていたらやっぱり大公に恥をかかせてしまう。がんばらなくては。

ボッティチェリは確かに高級店だが、その中ではかなりカジュアルなほうだ。お金持ちが気軽に着る普段着といったところか。いぶし銀のマネキンに着せかけられた服は、どれもカジュアルだが、生地《きじ》もよければ縫製もいいのが一目で分かる。アルベールの言う通りシンプル・シックなのは不幸中の幸いだった。ここで一番安い服を買っても、少なくともシャルトルーズ・グリーンのドレスよりは目立たない。

光子は無難なベージュやネイビーやグレイの服を選びたかったが、アルベールは店員に命じて明るい色のワンピースなどを持って来させた。その中から選ばないとアルベールの機嫌を損ねてしまうだろうか。やはり思い切って大公チョイスの中から選ばざるを得ないだろう。スポンサーから一言、戦え、だ。

脱走してから、光子のポシェット——最小限の荷物——の中でスマートフォンが何度か振動している。秘書からの電話だろうか。もしかしたら試着室から電話できるかもしれない。

たっぷり二畳分はある広い試着室に楽器ケースを置くと、光子はアルベールが離れたところのソファに腰を下ろしているのを確認し、そっとスマートフォンを手に取った。やはりイヴォンヌからの着信が数件ある。が、その中に拓人からの着信が混ざっていた。

高校生の夏休みは、忙しいと言えば忙しいが、暇と言えば暇だ。拓人は光子に楽器を渡しに行った後、その足で友人宅に向かい、昼までゲームをして遊んだ。午後は課題と家の手伝い、ほんのちょっとヴァイオリンの練習でだいたい一日が終わった。何となく一日過ごした感じだが、何もしていないという時間もなかった。夜はまたゲームでもしようかと思っていたが、夕方ふと思い出し、森田ヒルズに行ってみることにした。

拓人の家は商売柄か、子供たちの遊びには鷹揚《おうよう》だった。夜に出かけることに関しても、比較的、いや、厳しい家には「放任主義」と言われるほど寛容だった。小林家としては、子供には友人宅でたむろするよりむしろ、繁華街にいてもらったほうが安心なくらいだった。何しろ、夜の街には店のお客さんがたくさんいる。ホステスさんたちへのプレゼントを買いに来る男性客も含めると、けっこうな数になる。それはセーフティネットでもあり、監視網でもあった。実際、中学の頃、ちょっと性質《たち》の良くない先輩たちに何となくくっついて歌舞伎町のゲーセンに行った時、どこからともなくほぼほぼリアルタイムで親バレしてあっという間に連れ戻されたことがあった。あれは未だに誰がどこで見ていたのかが分かっていない。夜のお兄さまお姉さま方を甘く見てはいけないのだ。

まあそれはともかく、危なくない地域でおとなしく音楽を聴いて、遅くなり過ぎない時間に正直に家に帰れば何の問題もない。拓人は特に親に反抗する気もなければとりたてて冒険しようという気もなかったので、その暗黙の取り決めに別に不満もなかった。

大人の言うことにいちいち反抗していると、その分大人とたくさん関わらなければならなくなる。不良の人たちって、それ面倒くさくないんですかね？　俺はものすごく面倒くさいけど。

拓人はアイスクリームを食べながら大道芸を見たり、黒瀬まりやのグループを探して辺りを適当に歩いた。日暮れ時の音楽イベントは何となく非現実的な、子供の頃の夢のような気持ちがする。小さなスポットライトのようなＬＥＤの光に、優雅に踊る女性の髪飾りがきらりと光る。

まりやは例の黄色い声をあげて拓人を歓迎した。が、歌っている時の彼女は普段とはまったく別人のようだった。まりやは落ち着いた深みと潤いのある声で、慈しむように古いミュージカル・ナンバーを歌った。もしかしたら、彼女はプロとはいってもそんなに上手いほうではないのかもしれない。それでも、まりやとその仲間たちが奏する生の音楽は、とても魅力的で楽しく、そしてカッコよかった。

まあこんなとこかなあ。全部のエリアを見て回るほどの根性もないし、買い食いするにも懐具合はそれほど温かくはない。遊歩道のベンチに腰を下ろして金管アンサンブルがヒーローものをカッコよく演奏するのを聴いていた拓人は、ちらりと腕時計を見た。七時をだいぶ過ぎている。小一時間居たことになる。まあもうそろそろ飯食いに退散しようか……と思ったその時、何かが視界の端をかすめた。

何だろう。何か知っているようなものを見た気がする。拓人は顔をあげて辺りを見回した。

「あっ、安住さんだ」

それは安住誠二だった。きれい目のドレスシャツに、夜だというのに薄いサングラスをかけて、らしくない格好をしているが、間違いなく安住誠二だった。そう言えばミュージック・フェスタのチラシには、楽器のレクチャーや相談コーナーもあるというようなことが書いてなかっただろうか。安住はこの間のレセプションの時よりは小ぶりだが、あの時と同じような肩掛け鞄を持っていた。もしかしたら、今日もヴァイオリン職人としてここに来たのかもしれない。

安住はまったく拓人に気づいていないようだった。拓人は急に悪戯心を刺激され、らしくない安住を驚かせてやろうという気が湧き上がった。ラ・ルーシェ大公のレセプションの時にも作業着でやって来て、裏方に徹しようとしていた安住が、遊び人かよというような格好をしている（まったく似合っていないわけではないが）のが面白くてしかたがなかった。

拓人は遊歩道沿いの植え込みの陰に身を隠して、こっそりと安住の後ろに回り込んだ。

と、その時、安住が立ち止まった。しまった。ばれたか？　拓人ははっと身を固くしたが、安住は胸ポケットから折り畳み式の古めかしい携帯電話を取り出すと、辺りを見回してから植え込みのほうにやって来た。

ささやかな植え込みを挟んで、拓人と安住は並んで立つような格好になった。安住は携帯電話の通話ボタンを押したようだった。

「何だ。余計な電話はしてくるなと言っただろう？」

安住はますますらしくない口調で電話に出た。拓人は息を殺して、可能な限り気配を消そうと努めた。音羽光子ほどではないが、拓人もオーラや存在感など皆無に等しいその他大勢だ。息さえ殺せば気配を消すのはそれほど難しいことではない。立ち聞きするつもりはないが、今すんませんと言って出ていくのも何か違う。ここは聞かなかったこと、居なかったことにするしかない。

「重要な用件なのか……何？……大公と女が脱走した？」

おっと。

大公というのはもちろん、ラ・ルーシェ大公のことだろう（それ以外の誰がいるというのか）。それじゃ「女」というのは？　大公が女の子でもナンパでもしてバックレたのだろうか。拓人はつい耳をそばだてた。幸いにというべきか、金管アンサンブルはもう演奏をやめている。

「で？　楽器はどうした？　何？　女が楽器を持ったままだと？」

まさか。「女」というのは、もしかして今日、自分の楽器持参で大公のところに行っているはずの音羽光子のことなのだろうか。

電話の相手の声はまったく聞こえず、誰なのかも分からない。が、安住は電話で顧客とやりとりすることもある職人の癖《くせ》なのか、いちいち復唱するので、拓人にも内容は筒抜けだった。

「行先の見当はつかないのか？　……横浜方面に？　GPSか？　秘書がそう言ったんだな？」

どういうことだろう？　拓人は植え込み越しに耳に全神経を集中させた。

「分かった。……いや、そうじゃない。追跡……？　いや、いずれにしろ、音羽のヴァイオリンには絶対に手を出すな。計画が狂う。勝手なことはするな！　命令するなって？　お前こそ俺に命令する立場じゃないだろう！」

相手が誰にしろ、連携はそんなに上手くはいっていないようだ。一つだけ分かるのは、彼らの狙いは光子の楽器だということだ。

「とにかく、追うのは構わない。だが楽器には手を出すな。詳細が分かったらまた連絡しろ……してくれ。頼む」

安住は携帯電話を切ると、走った後のように何度か大きく息をついた。

そのまましばらくの間、安住は遊歩道に立ち尽くしていた。次のグループ――レトロなフォークソング――が演奏を始める頃、安住は所在なげに歩き始めた。拓人は視力のよさを生かして、距離を置いて後を追った。

友達同士で尾行ごっこをすると拓人が一番うまい。実はばれたことが一度もないのだ。安住がただの楽器職人ならばれることはないだろう。だが、もしも安住が何らかのプロの犯罪組織の人間だったら……？　拓人は尾行に集中しきっていたからか、そこには全く考えが及ばなかった。

比較的落ち着いたシナモンカラーの短いスカートと、ネイビーのアンクルパンツ、可愛らし過ぎて絶対に無理な水玉のワンピース……何着かの服と共に試着室に入ると、光子はアルベールや店の人たちが離れたところにいることを確認してドアを閉め、スマートフォンを取り出した。

服に関して言えば、試す前から光子の心は決まっていた。この中で最も無難なネイビーのパンツとオフホワイトのブラウス一択だ。色としては無難でも、膝が出るスカートは論外だった。アンクルパンツも普段なら選ばないが、お直しなどしている時間がない中、直しなしで着られる無難な服と言ったらこれだけだ。ブラウスも袖が可愛らしいチューリップ・スリーブなので抵抗はあるが、仕方がない。もういい。光子は素早く着替えた。試着室に入ったのは試着のためではない。電話をするためだ。

本当は真っ先に秘書イヴォンヌに電話をするべきだろう。実際、もう数回、この間登録したばかりの彼女の番号からの着信記録が残っている。イヴォンヌに電話を……するべき……だよねえ。するべきなのは分かっている。しかし、今この時点で、世界で最も電話しづらい相手と言えば、大公の秘書以外にない。ものすごく電話しづらい。というか、できない。

光子は迷った末、拓人の番号をタップした。

何やってるんだろう、私。

いや少なくとも、ある程度事情を知っていて相談しやすい相手に話して、それは秘書さんに電話すべきですよとでも一言言ってもらえれば、きっと冷静になれるはずだ。光子はスマートフォンの小さな穴から呼び出し音が鳴り続けるのを聞いた。……出ない。何度も電話してきたくせに、こういう時に限って、出ない。

光子は通話を切った。

迷っている場合ではない。早く秘書に電話しなければ。

そう思って再び立ち上げようとした瞬間、手の中でスマートフォンが振動し始めた。光子はびっくりして思わずそれを取り落としそうになった。

きっとイヴォンヌからだ……当然そうなるだろう。光子はそう思っていた。が、それは知らない番号からだった。が、光子は直感でそれを受けることにした。きっと相手は……

「もしもし、光子さん？」

やっぱり！

甘みのある端正な声。声までもがデューン・スナオカ似、いやそれ以上にさわやかな、ジュリアン神崎の声だ。

「もっ……もしもし……あの……神崎さん……ですよね？」

「すぐに分かって下さったんですね。嬉しいな」

神崎は電話の向こうで少し笑った。

光子は顔がかっと熱くなるのを感じた。

「皆が心配していますよ。車を捕まえたら、中はからっぽで、あなたたちはいなかったんですから。殿下のスマートフォンだけ置いて、途中でどこかに逃げたんですね？」

「すみません。私はこんなことしたくなかったのですが……」

「殿下に付き合わされたんでしょう？　分かってますよ。困ったお方だ。ごめんなさい。私からもお詫びを申し上げます」

「そんな……あなたがそんなこと……」

光子は可能な限り声を殺して言った。店員が外から、いかがでしょうかと声をかけてきた。もうこれ以上待たせると不審がられる。

「今、森田ヒルズのボッティチェリにいます」

「お客様〜？」

「いっ、いえ……その、何でもありません。今行きます！　……ごめんなさい。また連絡します」

光子は通話を切ると、スマートフォンをポシェットにしまい、自分の選んだ無難な服を身に着けて試着室から出た。

店員はお世辞で猫なで声を出したが、アルベールは少し驚いて、というより、かなり不満そうだ。

「ミツコサン、あなたにはそのシアンブルーのワンピースのほうが似合うと思うのだが……」

「いえ、私は……その、年齢的なものもありますし……」

「そんなことを気にするなんてナンセンスだ。似合うものを着るべきですよ」

似合うものを着るべきだからこそそのこの無難チョイスなんじゃないですか。

「それに、その、今は私たちは目立っちゃったらいけないわけで……」

「目立つほどの服ではありませんよ。さあ、もっと似合う服にお着替えなさい」

「でもその……もう時間がないのでは？　あまり一か所に留まると、誰かが気づいてネットで拡散されたりすると見つかっちゃうのでは……」

最後に言った理由は今思いついた適当な理由だ。が、よく考えたら、我ながらこの考えは一理ある。

いやちょっと待て。見つかりたいのか見つかりたくないのか。神崎には森田ヒルズのボッティチェリにいると言ってしまった。何だかんだと時間を引き延ばしてこのあたりに居れば、さっさと発見してもらえるのではないだろうか。

時刻はもうすぐ八時になる。あのホテルから探しに来るとしたら、三十分いや、二十分も見れば充分のはずだ。

「それもそうだ。マドモワゼル、お会計をお願いします」

アルベールはスマートに黒いカードを店員に差し出した。

まずい。ここの価格帯から言ったら自分で出すのはかなり無理があるが、アルベールに出させるわけにもいかない。……いや、そもそも彼のせいで脱走しているのだから、アルベールに責任を取ってもらうべきか。しかし……

カードを受け取ったのとは違う店員が、光子の着た服からスマートに値札を取ってゆく。ちらりと見えた値札には、どれにも零が四つ並んでいる。限りなく零五つに近い価格帯だ……。

これは無理だ。

光子は大人しくアルベールの払いに任せた。


安住は何かを待っている様子で、いらいらしながら広場の片隅で花壇の縁に腰を下ろしていた。

拓人は少し離れたところで、その安住を視界の端に捉えながら、いつでもさりげなく動けるようにと立ったまま、カッコいいジャズトリオを聴いている。

安住は一度電話をかける様子を見せたので、聞き取れるかと思って接近したが、相手が電話に出なかったようだった。その間に拓人のスマートフォンも振動したが、花壇越しに安住のすぐ後ろまで近づいていたので、出ることはできなかった。

安住から離れてから確認したら、それは音羽光子からの着信だった。慌ててかけ直したが、今度は光子が出ない。

拓人はまた、視界の隅に安住を捉える位置で待ち続けた。待つって？　何を？　それは自分でも分からない。電話か、何らかの密談か……

あるいは事件か？

「あなた、この間のアンサンブルの少年ですよね？」

誰かが後ろから拓人の肩を叩いてきた。

心臓が飛び出るかと思った。辛うじて叫び声だけは抑えたが、安住に気づかれなかっただろうか？

恐る恐る振り返ると、そこにいたのは金髪の美女……ああ、そうだった、大公の秘書、そう、たしかにそのはずだ。

「ちょ、なっ、何ですか？　ビックリするじゃないですか」

拓人よりほんの少し背の高い美女は、ちょっとドキドキするような距離で拓人に微笑みかけた。

「やっぱりそうでした。レセプションの時にも居ましたよね？」

「そうですけど……あ、そうだ、ええと、小林拓人っていいます。コバヤシが苗字、名前がタクト」

「コバヤシサンね」

「あ、君とかさんとかつけられるの好きじゃないんで、拓人でいいです」

「分かりました。タクト、何してるの～？」

何って……何がどう怪しいのかも定かではない一般市民を、何の資格もなく尾行していますとはとても言えない。

「いやその、別に……ただ、何となく音楽聴いてただけですけど。あなたこそ、ええと……」

「イヴォンヌ・デュシャンです」

「デュシャンさんこそ、何しに？　大公は……」

脱走して横浜方面に逃走したんじゃなかったでしたっけと言いかけて、慌てて口をつぐんだ。

「大公はほっといちゃダメなんじゃ……」

「それがね、どうやら殿下がこのあたりにいらっしゃるらしいのです」

秘書の大きな瞳がきらりと輝いた。

「実はね、殿下はたまにこういうことをなさるのですけれど、悪戯な気持ちを起こしたらしくて、ミツコサンと一緒に脱走してしまったの。『ローマの休日』みたいなものね。お気持ちは分からないでもないけれど、私たちはとても困っています。でもね、私、ミツコサンのヴァイオリンのケースに発信機をつけておいたのです。それで、ここにいるということが分かったので」

発信機……。しかしそれをしれっと言っちゃうとは、この秘書は切れ者なのか、天然なのか。

「でも、発信機の精度が想定より低くて、具体的な場所まで絞り込めていないのです。電話をしてもミツコサンは出てくれないし。あなたはミツコサンのお友達ですよね？　連絡、とれないでしょうか？」

「いや、俺もちょっと別件で何度か電話したんですが、出なくて」

別件かどうかはともかく、嘘ではない。

「そうですか……。困りました。あなたも森田ヒルズにいるということは、待ち合わせか何かしたのでしょうか？」

「いいえ違います。俺はただイベントに来ただけで」

それも嘘ではない。

「どこか心当たりはあるでしょうか」

「いいえ全然……あっ！」

安住が胸ポケットから携帯電話を取り出した。

「ちょっ……どうするかなあ……いいや、ちょっと静かにこっち来てください。多分あなた方にとっても大事なことですから。喋らないで！」

拓人は仕方なく、イヴォンヌを連れて花壇の植え込みの向こう側に身をひそめた。仕事柄なのか何なのか、すぐに事態を察したらしいイヴォンヌは、拓人以上に静かに、気配を消してそれに従った。

「どうした？　大公の居場所が分かったのか？」

安住は相変わらず、いちいち復唱して電話を受けた。

「見失った？　どういうことだ？　……森田ヒルズに？　横浜に向かったんじゃなかったのか？　……音羽光子と電話で？　それで……ボッティチェリ？　何故急に絵の話になるんだ」

ボッティチェリは、森田ヒルズにもブティックを構える有名メゾンだ。小林ドレスの顧客の中にも愛用者は多い。安住はファッションブランドには疎いようだ。いや、疎くない男子高校生の自分がおかしいのかもしれないが。

「とにかく、見失ったんだな？　探すのはいいが、楽器には手を出すな！　計画が崩れる！　分かってくれ。こっちも探してみる。また連絡する」

安住は通話を切ると、また大きくため息をついた。

が、一息つく間もなく、安住はその場を立ち去ったようだった。拓人とイヴォンヌは顔を見合わせると、ツツジ（多分）の枝葉の間からその向こう側を凝視《ぎょうし》した。

誰もいない。

拓人とイヴォンヌは立ち上がって辺りを見回した。一瞬、夜の中で安住を見失ったと思ったが、街灯の明かりの輪の中を、肩に鞄をかけた後ろ姿が横切っていった。安住だ。

「タクト、殿下は任せました！　よろしくお願いします！」

イヴォンヌはそれだけ言うと、音もなくしなやかに走り出した。よく見ると、高価そうなスーツとは不似合いなスニーカーを履いている。まるで最初から誰かを尾行するつもりでここに来たかのようだ。

「あっ！　ちょ、ちょっと待っ……」

言いかけたが、もう遅かった。

殿下を？　任せた？　任せたって、俺に？

俺に？

なんでそうなる……

秘書が大公を探さなくてどうするんだ。なんで安住を追っかけるんだ。というか、大公を任せたというのなら、その発信機のモニタとか何か、そういうものを置いて行ってほしい。いや、いやいや、そうじゃなくて、そもそも俺に大公を任せるっていうのがおかしいでしょ？

拓人は呆然としてその場に取り残された。

いったい、どうしろと？

「夜だというのに、さすがにトーキョーの夏は暑いですね」

アルベールは上品な麻の長袖シャツの襟元《えりもと》を引っ張りながら言った。右肩からボッティチェリの大きな袋——光子が着ていたあの目立ちまくるシャルトルーズ・グリーンのドレスが詰め込まれている——を下げて、もう一方の腕では光子の手を取っていた。エスコートと言うよりは、逃がさないための工夫のように思えてならない。

「私も着替えたいですね。そうだ！　こういう大きなショッピングモールならQLOINU《クロイヌ》があるんじゃないでしょうか？」

QLOINU……光子御用達の国民的ファストファッションだ。

「確か、あったと思います。でも場所が……」

池袋や有楽町のＱＬＯＩＮＵはしょっちゅう行っているが、六本木のことはよく知らない。そもそも六本木は、サンクチュアリー・ホールでコンサートがある時にピンポイントでホールに来るくらいだ。森田ヒルズも、美術館と映画館とエイハブスコーヒーの一番行きやすい店舗しか知らない。

スマートフォンを取り出して調べればすぐに分かるが、その最中に拓人や神崎から電話がかかってきたらどうすればいいのだろう。いや拓人ならまだいいが、神崎からの電話は？　アルベールは間違いなく、紳士的に、電話に出てくださって結構と言うだろう。しかし……相手が神崎だったら……

と数秒間ぐるぐると考えているうち、森田ヒルズの案内板が目に入った。あれで調べればいい。

案内板によると、ビルの反対側の第二遊歩道に面した一隅に、ＱＬＯＩＮＵの大規模な路面店があることが分かった。

「行きましょう！　是非行きましょう！　ＱＬＯＩＮＵはパリにも出店していますが、まだ一度も行ったことがないのです！」

まさかラ・ルーシェ大公がＱＬＯＩＮＵの服を着ようというのだろうか。いや、Ｑ

LOINUは侮れない。安いだけではないのだ。何しろハイテク繊維……

「あっ！　ちょっと待ってください！」

大公は光子を置いていく勢いで喜々としてショッピングモールを横切ってQLOINUに向かった。

夜とはいえ、さすがにイベント開催中のモールは賑わっていた。六本木という場所柄か、外国人も多い。とはいえ、ボッティチェリより人がたくさんいるということは、発見される可能性も高くなるということだ。ここはできるだけ早く通過したほうがいいだろう。大公の御付きに発見されるのならいいが、ネットに流されるとまずい。

「ミツコサン！　あそこで虹色のコットンキャンディを売っています。あれが食べたいです！」

「あそこはインスタ映えスポットだからダメです！」

「ミツコサン！　あっちでは天使の羽をつけた写真が撮れます。行ってみたいです！」

「あそこもインスタ映えスポットだからダメです！」

「ミツコサン！　あそこにたくさん人が集まっていますね。何かおもしろい大道芸をやっているようですよ！　見に行きたいです！」

「あそこはみんながスマホで写真撮ってるからダメです！」

「ミツコサン！　あっちにも人だかりが！　女の子たちが歓声をあげていますね。誰か有名な人が来ているのかもしれません。見に行きたいです！」

「だからー！　みんなが写真撮ってるところはダメ！」

「ミツコサン！　ではあのグループの音楽が聴きたいです！」

「彼らはネットで中継してるっぽいからダメー！」

いったいいつになったらQLOINUにたどり着けるのか。

「あのですね、殿下、自分が拡散されちゃいけない存在だという自覚はありますか？」

「大丈夫ですよ、どうせヨーロッパの小さな国の君主の顔など、アジアでは誰も知りませんよ」

「普段なら確かにそうかもしれません」

「……否定なさらないのですね」

そんなしょぼんとした顔をされても。

「でも、あれだけ大きく話題作りをしちゃったんだから、少しは自重してください」

光子は《ミモザ》の名を口にしかけて、やめた。

「話題を作ったつもりはないのですが……」

《ミモザ》……。今ここに、全てのミステリーの鍵を握っているかもしれない人物がいる。なのに何故、自分はそれについての話題を避けているのだろう？　訊ねて拒絶されることを恐れているのだろうか。偉い人への忖度か？　それとも……

「とっ、ともかく、目立たないようになさってください」

アルベールは叱られた少年のように神妙にうなずいた。

が、やっとのことでＱＬＯＩＮＵに到着すると、アルベールは喜々としてあっちの棚に寄りこっちの棚に寄り、キャラクターもののＴシャツや、日本人テニスプレイヤーとお揃いのスポーツウェアをとっかえひっかえし始めた。さっさと決めて着替えてしまって欲しいのだが……

光子が介入して、アルベールはようやくポロシャツとパンツを選んだ。パンツは少し丈が短いようだが、まあ仕方ない。

「お会計、六千二百三十二円になりまーす」

会計の女の子が可愛い声でそう告げた。レジに表示された数値を見ると、とたんにアルベールの表情が険《けわ》しくなった。

「こっ、これは……」

「どうなさったんですか？」

「この会計はおかしくありませんか？　ポロシャツと肌着とチノパンツで六万円とは……」

「いえ、違います、六千……」

アルベールは光子の言葉を遮った。

「三点で六万円とは！　あり得ない！　安すぎます！」

そっちですか。

「違いますって。六千円です！」

「待って下さい……ちょっと日本円の計算が……ええと、五百ユーロ弱、ということですよね？」

「いいえ、五十ユーロ弱です」

アルベールは絶句した。

「もういいからさっさと会計しちゃってください……」

面倒くさい。アルベールは呆然としたまま財布から一万円札を取り出し（現金で買い物がしてみたかったらしい）、三千円を超える釣銭を受け取って、また呆然としていた。

「いやあ、ビックリしました、本当に。まさかこんなことになるとは……」

それはこっちのセリフです、殿下……

しかしアルベールは、ＱＬＯＩＮＵの上階に赤とオレンジで彩ったファミレスの看板があるのを見つけると、とたんに生き返って目を輝かせた。

「おお、これはもしやふぁみれすではありませんか？　……間違いない！　ふぁ、ふぁみれすだ！　日本に来る前から噂には聞いていました！　ふぁみれすに行ってみたいです！　是非！」

はいはい。

安すぎる価格にいちいち驚かれたり、セルフサービスのドリンクバーの説明をしたりしなきゃいけないのかと思うと、光子は面倒くささで気絶しそうだった。が、かといって抵抗する気力もない。

光子がはしゃぐ家族連れをかいくぐってどうにか窓際でもなければ人目にもつかない席を確保すると、アルベールはさっそく喜々としてメニューを広げ、さらに嬉しそうにテーブルの上の大きなボタンを押した。

そこまで調べ尽くしているのは、感心すべきか、あきれ返るべきか。

「さて、どうしましょうか」

ウェイトレスがやって来ると、アルベールはゆっくりとメニューをめくり始めた。しまった。アルベールは、ファミレスは注文を決めてから店員を呼ぶことまでは分かっていなかったのだ。おそらく、いや間違いなく、彼にとっては給仕たちを何人も侍らせながら、給仕長《メートル・ドテル》に献立を説明させて注文を決めるのがデフォルトなのだ。

「あっすみませんすみません、今決めます今決めますからすみません！　この人不慣れな観光客なので！」

光子は慌ててウェイトレスに言い訳をした。

「ディナーにはまだ早い時間ですね」

勤労庶民はもうそろそろ夕食でいいが、セレブはまだ遊ぶ時間か。

「ステーキに蕎麦《そば》、唐揚げ、ピッツァ、ハンバーガー、おお、このハンバーガー・ステーキは、切り口からチーズが流れ出ていますね。面白いです。パスタ、和定食……ほう、これは鰻《うなぎ》ですか？　素晴らしい。こんなにいろいろあるのですね」

まずい。ファミレスのメニューの森に迷い込んでしまった。

「スイーツ……ああ、parfait《パルフェ》がありますね。parfait、日本では parfait が独自の進化を遂げていると聞いています」

parfait……ああ、パフェね。

「は、早く……決めちゃってください」

とはいえ、ファミレス初心者にあまり強くも言えない。

「さてと……おお！　これは抹茶ですね？　抹茶のparfaitがありますね！　これがいい！　ミツコサンは何にしますか？」

「あっ……ええと、まっ、抹茶パフェ二つ！　そっそれからドリンクバー二つお願いしますっ！　すみませんすみません！」

光子は慌てて注文を済ませた。ウェイトレスは嫌な顔一つせず端末を操作し、注文を復唱して去っていった。

光子は一難去って胸を撫でおろした。

いや……まだ難関が残っている。

アルベールにドリンクバーを説明しなければ。

しかしアルベールは、ファミレス名物ドリンクバーは下調べをしてきたのだろう。光子より先に喜び勇んでドリンクバーのカウンターに駆けつけた。はあ……。機械の扱い方は他の人を見ていれば分かるだろうから、いいけど……。QLOINUのポロシャツとチノパンツを身に着けたアルベールは、どこにでもいる外国人観光客のように見える。……見えなくもない。しかしやっぱりあのおっとりとした動作や雰囲気に、何となく浮世離れしたものがある気はするが。しかしQLOINUで着替えたのは正解だったかもしれない。

「ミツコサン！　ドリンクバー、素晴らしいですね！　ハイテク機械がサーブするのですね！　何と楽しいのでしょう！」

アルベールは片手にソーダ、片手にカフェオレとエスプレッソを持って、上気した顔で帰って来た。おっさんがドリンクバーではしゃいでいるのはいただけない。ラ・ルーシェ大公だとばれなくても恥ずかしい。光子はこっそりとあたりを見回した。

……どうか、誰にも注目されていませんように。

アルベールは注文の品が運ばれてくると、しばらくの間一心に抹茶パフェをほおばっていたが、突然訊ねてきた。

「ミツコサン、ミツコサンは翻訳家なのですよね？」

「ええと、翻訳家というか……い、いちおう翻訳はしていますが……」

フランス語では、翻訳をやっている人はプロ中のプロだろうが使い物にならなかろうが「トラデュクテール」だ。しかし、光子はどうしても、日本語の「翻訳家」という偉そうな肩書が自分にふさわしいかどうかを考えてしまうのだった。日本で「翻訳家」を名乗れるのは、よほどのプロだけだ。

「フランス語の翻訳をなさっているのですよね？」

「あと、いちおう、英語も多少……」

言いにくいが、何故か正直に白状しなければいけないような気がして、言ってしまった。

「素晴らしい！　日英仏三か国語をお使いになるのですね！　私などは未だに英語が苦手で、国際会議などでは失敗も多いのですよ。他の外国語も日常会話程度ですし」

いや、私は英語もフランス語も日常会話に毛が生えた程度です。

「で、どのようなご本の翻訳をなさっていらっしゃるのですか？」

「ええと……いちおう小説とか。あとは、いちおうビジネス関係の本とか……」

説明が難しくなるからビジネス書と言ったが、眉唾物《まゆつばもの》の自己啓発系なんちゃってビジネス書のことだ。

「おお、文学と政治経済の書籍ですか。素晴らしいです」

文学《リテラチユール》……あああ……。光子は背中と両脇に汗がにじみ出てくるのを感じた。私が翻訳しているものにはブンガクのブの字もない。ブの字どころか、濁点《だくてん》の一個もない。

「いえ、でも……そのぉ、何ていうか、私の仕事はそんなに誇れるようなものではないんです。ちゃんとした文学の翻訳はだいたい大学の先生がやってますし、私もそういう仕事ができたらと思うことはありますが……」

思うことはある。それは確かだ。

「……そこまでの能力が……」

「日本の方はすぐにご謙遜《けんそん》なさいますね。それが美徳なのかどうか、正直、私にはよく分からないのです。何故もっと堂々と自信をもって自分のことをおっしゃらないのでしょうか」

それは留学時代に、特にアメリカからの留学生たちにさんざん言われたことだ。言われたが、外から言われたからといって、おいそれと変えられるものでもない。

「ミツコサンはその上、音楽家でもいらっしゃる。素晴らしいではありませんか」

「確かに、ヴァイオリンは弾きます。でも、お聴きになったでしょう？　私は音楽家と言えるほどのレベルじゃないですし……」

「ほらまたそんな事を。だいたい、あなたは、その似合わないメガネがいけません。そんな恰好をしているから自信がなくなるのですよ」

「でも私、近視なので……」

「見たところ、そのメガネにはほとんど度が入っていませんね？」

光子はどきりとした。

「それは外すべきです」

「でも、私、十代の頃からメガネをかけてきたので、メガネがない自分の顔が受け入れられないんです」

アルベールは肩をすくめて心底あきれ返ったという表情を見せた。

その表情は光子の心に突き刺さったが、しかし、それでもメガネを外すわけにはいかなかった。メガネはメガネ人間のATフィールドなのだ。

「考えられません。それにその髪、古風な大和撫子《やまとなでしこ》のまっすぐな黒髪も美しいですが、ミツコサンはその髪を解いて、もう少し短くしてウェーブをかけて、明るい色にするべきです」

明るいゆるふわにしろと？　この私に？　ゆるふわと？

二十代の頃に言われたのならともかく、四十過ぎて明るいゆるふわはあり得ない。そもそもこの髪型は古風な黒ストレートのためにしているのではない。美容院というお洒落空間が苦手なので、できるだけ美容院に行かないようにするための髪型だ。ついでに言うなら、四十過ぎて前髪ありなのもどうかと思うが、額を隠したいので前髪を作っているだけだ。ヨーロッパでは、前髪を作るのは子供の髪型だというのも知っている。しかしここは日本だ。六本木かもしれないが、しかしそれでも断固として日本なのだ！

「いや……でも私、もう四十歳過ぎてますので……」

アルベールはなおさら理解できないといった顔で首を振り、わざとらしくため息をついた。

「ミツコサン、あなたは何故、そんなにご自分に自信がないのですか？」

「というか、私は逆に聞きたいです。殿下、あなたはご自分に自信がおありですか？」

「もちろん」

まあそう来るだろうと思っていたが、本当に来ると驚く。

「何故です？　どうしてそんなに自信満々でいられるのですか？　フツウ、あるでしょう？　高貴な身分に生まれついた方が、自分ってこの身分が無かったら何なんだろうと思ったり、君主としての上っ面の役割以外のことが自分にあるのだろうかと疑問に思ったりとか……」

「いいえ。私は生まれつきラ・ルーシェ家の当主です。君主であることは私のアイデンティティですし、どうしてそれに疑問を持つことなどあるでしょうか？」

うわ〜。

うわ〜。

やりにくい〜。

このへんがロマンス小説と現実の違いだろうか。

ロマンス小説ではだいたい、脱走して庶民生活に逃げこむ王子様やお姫様は、自分の身分やアイデンティティに疑問を持っているものなのだが。

しばらく気まずい沈黙が続いた。

「ミツコサン、申し訳ないが、私は次はギュウドンヤに行きたいです。連れて行っていただけますか？」

「ち、ちょっと口紅を直してきますっ！」

光子はポシェットを引っ摑むと、トイレに駆け込んだ。

時計を見ると、もうすぐ九時になろうとしている。もうそんなに時間が経ってしまったのかと言うべきか、買い物したり音楽を聴いたりパフェを食べたりしているわりに時間が経っていないと言うべきか。

光子は個室に入ると、すぐさまスマートフォンを取り出した。

もう何としてでも大公を迎えに来てもらわなければならない。何としてもだ。裏切りと言われても何でもいい。というか、そもそも大公に何の忠誠も誓っていないのだから、裏切るもへったくれもない。あってたまるか。

電話をかけると、神崎はすぐに捕まった。光子たちがQLOINUにいる間、神崎は高級店を巡っていたようだった。どこにも二人の姿は見当たらず（それはそうだ、ファストファッションやファミレスのド庶民エリアにいたのだから）、高級店では顧客の情報は教えてくれない。神崎の優しい声にはそれでも少し責めるような調子があったが、それも仕方のないことだろう。

光子はこれから吉田屋の六本木南店に行くと告げて電話を切った。今度は何としてでも拾ってもらわなければ。

ファミレスを出ると、すぐそばの、昔ながらの小さな神社のある庭園エリアに行きあたる。渋い声の老紳士が、アコーディオンの青年と一緒に古いシャンソンを歌っている。アルベールは若いカップルたちの間でしばらくそれを聴いていたが、あれは若い頃を懐かしむ歌なのですよと言って、少し寂しそうに歩き始めた。

神社の前には、このあたりの何もかもが真新しい街とは対照的な、苔むした古い狛《こま》犬《いぬ》が二体鎮座している。

そう言えばここの狛犬には、まあ間違いなくネット時代に出来たのであろう都市伝説があった。「真実の口」ならぬ「真実の狛犬」だ。阿吽《あうん》の狛犬の「阿」のほうの口に手を入れると、嘘をついている者の手は食いちぎられてしまうという、あれだ。

話題に詰まったので、光子はそれを冗談めかしてアルベールに説明した。

「それは興味深いですね。ミツコサン、狛犬は何故、片方が口を開けていてもう一方が口を閉じているかご存じですか？」

「えっ……そっ、それは……」

検索すれば分かる。

「ええと……」

「阿吽というのは、仏教の最も基本的な真言の一つです。梵字《ぼんじ》は口を完全に開いた形のaで始まり、口を完全に閉じた形のmで終わります。そこから阿形《あぎょう》は万物の始まりを表し、吽形《うんぎょう》は万物の終焉《しゅうえん》を意味するものとされたのです。あるいは、阿形は道を求むる心を意味し、吽形は悟り、涅槃《ねはん》を意味するとも言われていますね」

「はあ……」

そういえば、四半世紀前に修学旅行でそんな話を聞いたことがあったような、なかったような。

「たとえ都市伝説と言えども、真実の狛犬の伝説には一縷《いちる》の真があるように思えますね」

アルベールはそう言うと、抱えていた荷物を足元に下ろし、厳《おごそ》かに右手を阿形の狛犬の口に入れた。

「……」

「……うっ！」

「ははは……」

「い、いや、何でもありません」

「でしょうね」

アルベールはばつが悪そうに手を引っ込めた。

若い子たちの前で中年のおっさんおばさんが『ローマの休日』の真似事など、おかしくてやってられたものではない。オードリー・ヘップバーンの初々《ういうい》しいリアクションを期待されても困る。そもそも半袖のポロシャツではあのネタはできない。

アルベールは荷物を抱え直すと、何事もなかったように光子の手を取り直した。

スイング、弦楽四重奏、オールディーズ、レゲエ、三味線、オペラ……庭園から遊歩道、広場へと巡ってゆくと、いくつもの音楽が二人を迎えた。奏者たちは、光子が背負うヴァイオリンケースを目にすると微笑んでくれたような気がした。そうだった。ここはアウェイの地ではない。あと少し、神崎が吉田屋に大公を迎えに来るまでの短い間、この夢の中のような音楽の世界にひたっていればいい。

広場のフードトラックや屋台が出ている一角で、光子は力也が手伝いをしているというバインミー屋を見つけた。力也は特に何も言わず、アルベールの荷物――光子のドレスとアルベールの高級ブランド服が詰まったボッティチェリとQLOINUの袋――を預かってくれた。アルベールの隙を見てちらりとウインクを送ってよこす。彼は何か誤解していないだろうか。だが、誤解を正すチャンスはなかった。まあいいか。どうせあとで分かることだ。

早く吉田屋に向かうべきなのは分かっていた。だが光子は、アルベールが立ち止まってトランペットの甘く切ない旋律に聴き入っている間、先を急かす気にはならなかった。何故だろう、いつまでもこうしていたいような気持ちがふと湧き上がったのだった。

そう言えば学生の頃、小国の王子と留学生が恋に落ちる小説を読んだことがあったっけ。あの結末はどうなるんだっただろう……

って、あれっ？

いやいや、おかしいでしょ。何を考えているんだろう、私は。

光子は、アルベールの左腕に載せた右手をそっと抜き取ろうとした。が、大公は右手でそれを押さえて握りしめた。それが案内役を逃がさないためだと分かっていたが、光子はかすかな嬉しさが胸ににじみ出るのを感じたのだった。

拓人は当てもなく音楽と音楽の間をさまよった。

高校への進学祝いに買ってもらったばかりの腕時計を見ると、もう九時を過ぎていた。一時間もあちこちをぐるぐるしているが、大公と光子らしき人物は見当たらなかった。もしかしたら、もう休日も充分楽しんで、とっくに自主的にホテルに帰っているのかもしれない。自分ももういい加減帰らないと、さすがの大雑把《おおざっぱ》な親も黙っちゃいないだろう。

しかし、大公を任せたと言われた以上、放置してバックレるのもどうかと思う。

「まいったな〜。せめて秘書さんの電話番号とか聞いとくべきだったかな〜。だけどあの状況じゃ……ったく、どうしろと……」

拓人は何度か光子に電話をしたが、今度は光子が出なかった。

「もうカンベンしてよ～。どいつもこいつも……」

地下ショッピングセンターの中央プラザでレイヴテクノのサウンドで苛立ちを紛らわせたりはしたが、いちおう大公の探索は続けている。

が、さすがにもういい加減諦めて帰ろうかと地上に出た時、片道三車線の道路を挟んだ広場に、もしかしたら大公と光子ではないかと思われる人影を見かけた。視力には自信がある。しめた！　テレビのバラエティなんかでもよくあるパターンだ。最後の一日に目指していた獲物が取れるという、あれだ。

しかし、横断歩道の信号は長い長い赤に入ったばかりだった。拓人はまた光子に電話をしたが、出ない。ちっ。いい加減にしてよ。人影は人混みに紛れ……いや、なんかの屋台のところにいる。二人は、女のほうはヴァイオリンのケースと思しきものを背負っている。間違いない。音羽光子だ。二人は屋台の向こうで、ピンクのタンクトップを着た男と話している。

信号はまだ青にならない。夜でも交通量の多い幹線道路で、信号は思ったよりはるかに長かった。

「うわ〜、くっそ、もうカンベンしろよ……」

拓人が横断歩道を走って渡る頃には、今度こそ二人の姿は人混みの中に消えてしまっていた。

どうにかさっきの屋台にたどり着く。人のよさそうなベトナム人の店主と、タンクトップの男がやっているバインミーの屋台だった。

「あのっ！　す、すみません！　さっきの二人、どこに行ったんですか?!」

「あなた誰？　何のことかしら」

フレディ・マーキュリー髭《ひげ》を生やしたタンクトップの男は、拓人をじろりとひと睨《にら》みした。

「あの……俺、光子さんのオーケストラの後輩で、小林拓人っていいます。今、光子さんここにいましたよね？　どうしても探さなきゃならないんです。お願いです！　どこに行ったか教えてください！」

「嫌よ。絶対に教えないわ。他人《ひと》の恋路を邪魔する奴は馬に蹴られて死んじまえ、って、昔から言うじゃない」

「いやその、なんか誤解があるのかもしれませんけど、そういう話じゃないんですよ。とにかく、このままだと二人とも危険かもしれないんです！　大公も、光子さんも、楽器も守らなきゃいけないし！」

フレディ髭男はふと考え込むような顔をした。

「そうねえ……相手が相手だし、バックアップはあったほうがいいのかもしれないわね。分かったわ。でも、僕が聞いてるのは牛丼屋に行くってことだけなの。どこの店かは知らない。あっちのほうに行ったわ」

「牛丼屋……あっちですね？　ありがとうございます!!」

拓人がそう叫びながら屋台の向こう側に回りこむと、男が着ていたのはタンクトップではなく、袖なしのドレスだった。

「うっわ、なっ……何ですかその恰好はっ?!」

男はむっとしたようだった。

「男がオペラピンクのドレスを着てちゃいけないかしら」

「色の問題じゃなくて……」

「ドレスがいけないっていうの？」

「ええ。そのドレスは許せませんね」

男は怒りを押さえこみ、努めて平静を装ってゆっくりと質問を口にした。

「どうしてかしら？」

「色の問題じゃないんですよ。っていうか、色はむしろいいんです。肌色に合ってるし。サイズ感もだいたい合ってる。けど、パターンが合ってないんですよ。ダーツ位置を調整するだけでマッチョにもフェミニンにも演出できるのに、何なんですかそのドレスは。うちの姉貴ならもっといいの作りますよ！　次のオーダーは是非、野々川サンライズ商店街の小林ドレスに！　それじゃ！」

「あっ、ち、ちょっ……待っ……って、営業かーい！」

拓人は走った。確か森田ヒルズの南には、牛丼屋が五、六軒はあるはずだ。


ミュージック・フェスタの会場から離れた牛丼屋は、客もさほど多くはなく、少し殺伐《さつばつ》としたいつも通りの雰囲気だった。

いつも通りとはいえ、光子は吉田屋のことをそれほどよく知っているわけではない。誰かと一緒じゃないと来られないからだ。おばさん一人で牛丼屋というのは、どうにも行きにくい。自意識過剰で、本当は誰も気にしていないだろうと分かっていても、どうしても気にしてしまうのだ。

さっき大きなパフェを平らげたばかりのアルベールは、それでもまだ食欲旺盛で、大盛りねぎだくギョクで注文を入れていた。食券ではしゃがれたらどうしようと光子は危惧していたが、牛丼屋は殺伐としてるものだと予習してきたのか、券売機に表示されたメニューについて小声で光子に訊ねただけで、厳《いか》めしい表情でいくつかのボタンを押したのだった。

吉田屋の六本木南店に着いた時、神崎はまだ来ていなかった。高級店エリアからはまっすぐ来れば十分もいらないくらいのはずだ。まさか、なかなか来ないので入れ違いになったと思って二人を探しにどこかに行ってしまったのだろうか。それとも、アルベールの最後の東京の休日を楽しませてあげようという心遣いで、店を出る時に姿を現すつもりなのだろうか。

いずれにせよ、光子はパフェの後遺症と緊張で、小盛りを何とか胃に納めるのがやっとだった。

牛丼屋は、連れがいても、食べ終わった人間が居座っていてはいけない雰囲気がある。光子はそれを言い訳に、先に外に出た。神崎を探さなければ。

光子は牛丼屋の横の路地から電話をしようと、店を出てすぐ左手の路地に入ろうとした。

そこには先客がいた。こちらに背を向けて、今まさにスマートフォンらしきものを耳に当てたところだった。

神崎だ。後ろを向いているが、間違いなく神崎だ。

光子はその場を離れるべきだと頭では分かっていたが、直感が金縛りのようにその足を止めた。

「吉田屋に着いた。店内にいる。おばさん、は楽器を持っている。大公と離れたら実行する。今しかない」

おばさん……

「今しかない。やるしかないんだ。楽器は俺が奪う。やり方は任せておけ。あのおばさんはちょろいぜ。俺ならいくらでも転がせる」

光子は頭から血の気が引いていくのを感じた。

「楽器のすり替えはお前に任せた。本物の《ミモザ》は本当に今でも大公の手元にあるんだろうな？」

何かが金縛りを解いた。光子はそっと引き返すと店内に戻り、楽器ケースを牛丼に夢中になっているアルベールの足元に置き、彼の耳に「これを持って逃げてください」とささやくと、また店の外に出た。

わざと神崎の名前を呼びながら路地の入り口あたりをうろうろした。夜になってもあまり引かない暑気が全身に絡みつく。

「光子さん！」

神崎はさっきの、牛丼屋の店内の百倍は殺伐とした声とは打って変わった、いつもの甘やかな声で光子に応えた。光子は晴れやかな笑顔を浮かべると――傷ついた小娘じゃあるまいし、おばさんをなめるなよ――神崎のそばに駆けつけた。

二歩ほど余分に行き、神崎を店の出入り口に背を向ける形にさせた。アルベールはもうすぐ牛丼を食べ終わる。光子が楽器を足元に置いた時に小さくうなずいたので、楽器を忘れてくることはないはずだ。

「神崎さん！　やっと会えましたね！　嬉しいです！」

「私もですよ、光子さん。お役目とはいえ、こうしてあなたに会えるのですから、役得というものです」

神崎は一片の嘘もないといった甘やかな笑みを浮かべた。

「ありがとうございます。殿下のことは、あとちょっとだけ待ってあげてください。今、嬉しそうに牛丼を召し上がっているので」

「もちろんですよ。……あれ、光子さん、ヴァイオリンはどうなさったのですか？

お荷物は私がお持ちしようかと思ったんですが」

「ああ、あれは」

アルベールが光子の楽器を背負って牛丼屋から出てきた。

「友達に貸しました」

光子はにっこりと笑った。アルベールははっとした顔をした。後ろ姿で神崎と分かったのかもしれない。アルベールは足音を忍ばせて牛丼屋から遠ざかっていった。

「友達に？」

車が通りかかり、神崎の顔にライトが当たる。光線の具合か、その表情は冷淡に見える。

「ええ、今日は、ほら、音楽のイベントがあるでしょう？」

「ミュージック・フェスタですか？」

光子は神崎に負けない鉄面皮《てつめんぴ》で、嘘偽《いつわ》りないといった態度でそれを肯定した。どうだ。どこからどう見ても、苦し紛れの嘘には見えないはずだ。

神崎は吐き捨てるようなため息をつくと、一歩後ずさった。

「とにかく、間もなく迎えの者を寄越します。私は他にいろいろお役目があるので、また後ほど」

幸い神崎が走り出したのは、アルベールとは反対方向だった。いや、今なら神崎は、大公を見つけてもそれを無視してミュージック・フェスタの会場に駆けつけるだろうが。

神崎に楽器を見分ける目があるのかどうかは分からない。いずれにしても、彼が目的を達することはない。

神崎を見送ってしばらくしてから、光子は両足が震えはじめたのを感じた。

夜の牛丼屋を渡り歩いて人探しをするのは、牛丼屋でつゆだくをかっこむ以上に殺伐とした行いだった。何しろそれは、券売機に寄らず店内にずかずかと踏み込み、客の顔をじろじろと見て、殺伐とした視線を浴びながら黙って店を出るという行為だからだ。ハードボイルドにキメていなければできないことだ。きっと今夜、ネットのどこかに嫌な奴として書きこまれることだろう。

四軒目に向かう途中、拓人は突然、大公に出くわした。短い坂道の途中にあるお洒落カフェの前だ。光子はいない。

いったい何があったんだ？　大公は拓人が先週買ったのと全く同型同色のＱＬＯＩＮＵのポロシャツとチノパンツを着て、何かを……間違いない、音羽光子のヴァイオリン・ケースを背負っている。

どうすればいい？　まったく事態が摑めない拓人は、一瞬、頭が真っ白になった。が、イヴォンヌの「大公は任せた」という言葉が脳裏をよぎる。光子は拓人よりはるかに世慣れたおばさんだ。一人で置いておいても大丈夫だろう。今拓人が一緒にいるべきなのは大公だ。

大公は反射的に目を伏せて拓人の横をすり抜けた。

「ちょ、何やってるんですか、ええと、殿下！」

拓人は思わず日本語で呼びかけた。大公は「殿下」の一言で、それが自分に向けられたセリフだと分かったようだった。小走りに歩調を早める。

「待って下さい！　ええと、うぇいと！　ぷりーず・うぇいと！　デンカー！」

拓人はあっという間に大公に追いつき、素早く前に回りこんだ。

「♀○♣※∞☆ℓ○△◆♪～×◎☛✌☊▲！」

しまった。何言ってんのか一言も分からない。フランス語……だよね？　フランス語なんかボンジュールとジュテームしか知らない。

「えーと、えーと、マイ・ネーム・イズ・タクト。タクト・コバヤシ。ＯＫ？　アイム・ミツコズ・フレンド」

大公は街灯の明かりの下でまじまじと拓人の顔を見ると、はっと何かに気づいたような表情をした。そして拓人にも分かりやすい、教材のような発音の英語で答えた。

「おお、君はこの間のレセプションの楽団にいた少年だね？」

「イエス！」

拓人の英語の成績は並み中の並みだが、外国人観光客に渋谷から秋葉原への行き方を説明するくらいはできる。新宿から池袋への行き方も説明できるし、上野から品川への行き方も説明できる。どれについてもご意見無用だ。

何より拓人には、光子にはないものがある。恥をかくことを恐れない無神経さだ。

拓人は雑な英語で続けた。

「レッツ・リターン・トゥ・ホテル。パハップス・ゼイ・ウエイト・フォー・ユー」

おっと、多分じゃない。確実に待ってる。

「分かっています。でもあと少しだけ」

「バット……」

言わなければならないことはたくさんあるが、どう言ったらいい？

「ええと、バッド・ガイズ・サーチング・フォー・ジス・ヴァイオリン」

大公の顔色がさっと変わった。

《ミモザ》と置換する？　置き換える？　取り換える？　いや、すり替える？　すり替えるって英語でなんて言うんだ？

「う〜ん、困ったな〜。アイ・キャント・エクスプレイン・イナフ。ホエア・イズ・ミツコ？」

「ミツコサンは……」

大公は少し言いよどんだ。

「よ、用事があって、先に行ってくれと……」

用事ぃ？　そんなアホな。

「う〜ん、アイ・ウォント・トゥ・ガード・ユー・アンド・ミツコ！」

「とにかく、もう少し落ち着いて話ができるところへ行きましょう。そうだ、タクトサン、カイテンズシーに行きましょう！」

は？　今なんつった？

カイテン……ああ、回転寿司か！

ちょ、さっき牛丼屋に行ったんじゃなかったのか？　まだ食うんすか。

でも拓人は腹ぺこだった。回転寿司の言葉には心が動いた。

「行きましょう！　この近くにいいカイテンズシーはありませんか？」

どうすればいい？　どうすればいいんだ？　光子は探さなくていいのか？　落ち着け、俺。俺はただ、腹が減っているだけなんだ。

そうだ。いやむしろ、今は大公に特定の店舗にいてもらって光子を呼び出して、光子に秘書さんたちに連絡をつけてもらうとか何とかしたほうがいいのではないだろうか。

「OK。プリーズ・ウェイト」

拓人がスマートフォンで検索すると、真夜中まで営業している店がすぐ近くに見つかった。とりあえずそこにいてもらおう。

「イエー！　レッツゴー！」

拓人は腹が減って限界だった。それに、回転寿司は大好きだ。

光子ははっと我に返った。いったいどれだけの間、牛丼屋の前に呆然と佇《たたず》んでいたのだろう？

　気づいて慌てて、とりあえず路地に駆けこむ。若い女の子が呆然としているのなら、何となく悲劇的な感じがして様《さま》にもなるだろうが、おばさんが道端でぼーっとしているのはいただけない。誰も大丈夫ですかと声をかけてこなかったのは、きっと不気味だったからに違いない。

　あたりの様子をうかがいながら、もう一度表通りに出てみる。アルベールの姿は見あたらない。

　光子はさっきアルベールが向かった方向に急いだ。どこにもいない。逃げろとは言ったが、そんなに遠くに行くとは思わなかった。見失ってしまった。まずい。電話を、と思いかけて、そういえばアルベールの電話は車に置いてきたのだと気づいた。いやそれ以前に、アルベールの番号を知らない。

　神崎はイベントエリアに向かっているはずだ。そっちで楽器を持ったアルベールと神崎が出会ってしまったら……いやさすがに神崎がアルベールから楽器を力ずくで奪ったりはしないだろうが、しかし、なんだかんだと甘言《かんげん》を弄《ろう》してそれを手にすることは可能なのではないだろうか。アルベールも、《ミモザ》でもなければ《アーベントロート》でもない楽器を事実上の部下に持たせることを疑問に思わないかもしれない。

　光子はしばらくの間、牛丼屋の周りを中心に付近を探索した。やはりイベントエリアまで行ってみるべきだろうか。神崎と鉢合わせする可能性もないではなかったが、むしろもう平気だった。もうそろそろクロージングに入ろうとしている広場に着いた頃、拓人からの着信があった。一度はそれを無視したが、気になってかけ直すと拓人は信じがたいことを言ってきたのだった。

　拓人はアルベールと一緒にいるというのだ。

　指定された回転寿司に駆けつけると、二人は回転レーンの下流のボックス席にいた。どちらの前にも皿が十枚ほど積み上げられている。幸いにと言うべきだろう、アルベールはもう一通りはしゃぎ終わっているようだった。

「ちょっと、どうしてこうなったの？　説明……」

「それは後で！　それどころじゃないんで。俺の英語もどきで通じてるかどうか分かんないので、大公に通訳し直してほしいんです」

「ミツコサン、セイジ・アズミがあなたのこの楽器を狙っているというのは本当なのでしょうか？」

　いっぺんに日本語とフランス語でまくしたてられ、光子は思考が停止した。

「いったい何の話……？」

「だから安住さんがですね！」

「セイジ・アズミが……」

「誰か相棒がいるはずなんですよ！」

「何故あなたの楽器が狙われるのでしょう？」

「ちょっと待って！　一人ずつにして！　まずは拓人、君から」

拓人は夕方にミュージック・フェスタに何となく来たこと、図らずも安住の電話をアルベールの秘書と一緒に立ち聞きしてしまったこと等を洗いざらい喋った。

「つまり、話を総合するとこういうことね。安住さんが、私の《ミモザ》似の楽器を、本物の《ミモザ》とすり替えるために狙っている、その相棒がジュリアン神崎だ、と」

「ちょっと待って下さい、なんでそこに神崎さんが出てくるんですか？」

「何故なら、私は牛丼屋の横の路地で、神崎さんが誰かに電話してるのを聞いてしまったから」

光子はその時にやっと気づいた。昨日光子の部屋に侵入したのも、神崎かその仲間だったのではないだろうか？　神崎には名刺を渡している。

拓人とアルベールそれぞれにそれを言うと、二人は顔を見合わせた。

「それでミツコサンは私に楽器を預けたのですね？」

「そうです。神崎は今ごろ、イベントエリアをさまよってるでしょうね。彼に楽器を見る目があるかどうか知りませんけど」

アルベールは腕を組んで黙り込んだ。それはそうだろう。よりによってそんな人物をコーディネーターとして雇ってしまったのだから。

「そうでしたか……。不覚です。しかし、それで一つ思い当たったことがあります。もしかしたら、フランス警察は何か考えがあったのかもしれません」

「フランス警察？」

「はい。実は、イヴォンヌ・デュシャンはパリ警視庁の特別捜査官なのです」

それを訳すると、拓人は途端に目を輝かせた。

「ちょ、マジですか！」

「ちょっとあんたは黙ってなさいよ。……それで、殿下、どうしてフランス警察が関わって来たんですか？」

「私も実は理由を知りません。私には今まで外遊の際にもさほど特別な警護はついたことがありません。しかし今回、私が来日する直前に、どういうわけかパリ警視庁が彼女を送り込んで来たのです。彼女は秘書としても通訳としても優秀だったので、私もありがたく受け入れたのですが……」

「そりゃあれじゃないですか？　億の楽器《ミモザ》を持ってくるからじゃないですか？」

拓人は何の忖度もなく平然とその名を口にした。光子は訳さなかったが、アルベールは《ミモザ》の一言で拓人が何を言ったか分かったようだった。

「しかし、ストラディヴァリウスやシュタイナーを持つ演奏家たちも、そんな警護は受けていません。保険会社が民間の警備会社を雇ったりするのなら分からなくもないですが」

それもそうだ。

「もしかしたらフランス警察は、最初からあのコーディネーターに何らかの疑いをかけていたのではないでしょうか？」

「でも、そんな危ない人物をわざわざ殿下に近づけるなんて、いかに囮《おとり》捜査だったとしても危険すぎるんじゃ……」

日本ならもちろんそんなことはしないだろう。しかし少なくとも、フィクションで描かれるフランス警察ならやりかねない気はする。実態がどうなのか、光子は知らないが。

「でもそれだったら、イヴォンヌさんが俺を置いてきぼりにして安住さんを追ってった理由も分かりますね。彼女的には、ラッキーにも神崎の相棒が見つかっちゃったわけだから」

拓人が言う通りだった。

「しかし……私にはまだ納得がいきません。セイジ・アズミが……」

「そりゃ俺も信じらんないですよ。安住さんのことはよく知らないけど」

「結局、私は誰からも何も知らされていなかったのですね。私は君主というハリボテの人形に過ぎなかったわけだ。ミツコサン、あなたが言う通り、私は自分のアイデンティティに疑問を感じるべき時が来たようです」

重苦しい沈黙が流れた。

「とにかく、今は現実にどうするか考えないとダメなんじゃないですか？　俺、また光子さんのヴァイオリン預かりますよ。神崎や安住さんには俺がここに来てることはバレてないんだし、俺、これ持って帰ります」

光子ははっとして時計を見た。まずい。もう十一時になろうとしている。拓人は家に帰さなければならない。

「分かった。お願い。私は殿下をホテルにお送りするから」

イベント終わりでタクシーが捕まるかどうか分からないが、いざとなったら六本木からオリエント急行ホテルは歩けない距離ではない。


「タクト！　どうしてあなたがここに？」

拓人は地下鉄の駅に向かおうとしているところで声をかけられ、はっとして振り返った。

「それはこっちのセリフですね」

声で分かったが、それは秘書、いや、パリ警視庁特別捜査官イヴォンヌ・デュシャン——それも本名かどうか分からないが——だった。

「何故あなたがミツコサンのヴァイオリンを持っているの？　大公殿下は？　私は発信機のあるところに殿下がいらっしゃると思って来たのですが」

ああ、そうだった。光子に発信機のことを言うのを忘れた。

「発信機の位置情報、大雑把なんじゃなかったんですか？」

「たまたま精度がよかったのでしょうね」

どこまで信じていいのか分からないが。

「大公殿下はお任せしたはずです、タクト。なのに……」

「待って下さい。俺、もう聞いちゃったんですよ。あなたが実はフランス警察の中の人だって」

が、イヴォンヌはあまり驚いた顔をしなかった。

拓人はかいつまんで、さっきの回転寿司でのことを話した。光子が聞いた神崎の電話のところに話がさしかかると、イヴォンヌの表情がきりりと引き締まった。

「タクト、その話をもう少し詳しく聴かせていただけませんか？」

「嫌じゃないですけど、俺だけ一方的に喋るのはなんかしゃくですね」

「分かりました。では、あなたには本当のことをお話ししましょう。私は確かに、パリ警視庁の特別捜査官です。何故ラ・ルーシェ大公に同行することになったのかは、実はこういう背景があります。あなたはご存じですか？　今から二十年前に、《ミモザ》の盗難騒ぎがあったことを？」

「知ってます。博物館が荒らされて、明らかにヴァイオリンが盗まれた形跡があったのに、大公が盗難を否定したんですよね？」

「そうです。当時のあまり性能のよくない防犯カメラには、窃盗団は少なくとも五人が映っていました。その後パリで逮捕された二人は、自分たちが博物館から盗んだのは偽物、つまり、もともと博物館に展示されて《ミモザ》の本物とされていた楽器が偽物だったと考えていました。が、彼らによると、窃盗団は本物派と偽物派に仲間割れしたというのです。本物と信じた後の三人は、楽器を危険な相手に売ろうと画策したようです」

「危険な……相手？」

「マフィアです」

「えっ……それじゃ、《ミモザ》は……」

「しかし、その取引が実現したかどうか分からないのです」

「って、二人逮捕されてたら、あの、何でしたっけ、アメリカのドラマでやってるやつ、あ、そうだ、司法取引とかで残りの三人も身元が分かって逮捕しやすいんじゃ……」

「いいえ、彼らが逮捕されることはありませんでした。何故なら、三人のうち二人は、拷問された惨殺死体で発見されたからです。マフィアの手口でした」

「……うぅ」

ちょっと話がついていけなくなってきたぞ。

「事件は未解決のままになりました。しかし近年、パリ警視庁にも未解決事件を扱う部門ができ、捜査方法も進化しました。そして、この件も再捜査の俎上《そじょう》にのぼったのです。何しろ、死者が二人出ていますし、三人目は今なお身元不明なのですから。もうだいたい予想はついていると思いますが、三人目の疑いがあるのがジュリアン神崎なのです」

「……！」

「神崎は、テレビの撮影やセレブの来日などでは優秀なコーディネーターですが、盗品や薬物の運搬人の嫌疑がかけられています。彼は窃盗事件があった当時はまだ十代の少年、そうですね、あなたくらいの年頃でした。当時は犯罪者としては小物でありすぎたために、身元の手がかりがなかったのでしょう。ただ、事件の防犯カメラ映像の最近の解析で、その運び屋神崎と窃盗団の五人目が同一人物の可能性が出てきたのです」

拓人はしばらく沈黙した。頭の中で考えをまとめようとしたが、情報量が多すぎてなかなかついてゆけない。

「だけど……そんな危険人物を大公や《ミモザ》に近づけるなんて……ポリスアクシ

ヨン映画かなんかですかって話で、むちゃくちゃじゃないですか？」

「私たちは、今大公が持っている楽器は偽物だと考えています。神崎が今でも、売るに売れない《ミモザ》を持っているはずだと思っています。神崎が《ミモザ》を保管しているのが日本ではないかとも」

まあ確かに、神崎は半分だか四分の一だか八分の一だか知らないが、日本人だ。少なくとも、コーディネーターをやっているくらいだから、日本国内に何らかの拠点を持てるだけの能力はあるだろう。

「私たちが大公にもそれを知らせずに同行したのは、正直に言って、大公にも共犯の疑いを持っていたからです」

「共犯って……大公が、窃盗団の、ですか？」

「少なくとも神崎の、です。最初から共犯だったとは思っていません。事件で大公自身、命の危険もあるほどのショックを受けていますから。大公の動向に疑いがかかったのは、偽物の《ミモザ》を持って来日するという計画が持ち上がってからです。私たちは、今回の来日で、大公が身代金を払って神崎から本物の《ミモザ》を身請けしようとしているのではないかと考えていたのです」

「それってやっぱり、ダメなことなんですか？」

「ラ・ルーシェ公国はいちおう独立国ですが、事実上フランスの一部です。完全な主権国家なら身代金を払うことに内政干渉はしませんが、フランス警察の管轄内での死者も出ている事件を闇に葬《ほうむ》る手助けをされては困ります」

しかし、神崎と安住の電話の件で、二人が狙っているのは、大公が持参した本物の《ミモザ》と、《ミモザ》にそっくりな光子の楽器のすり替えだったと分かったわけだ。フランス警察の仮定は全てチャラだ。

拓人は、光子の部屋に侵入者があったことや、光子から聞いた神崎の電話のことを可能な限り詳しく話した。

「それが分かったわけですから、タクト、あなた方には感謝しなければ。私たちは今、日本の警察と協力し合って、神崎と安住の両方をひそかに監視しています。実を言うと、殿下の動向も把握しています。だから心配しないで。あなたは誰にも知られずに楽器を持って帰って下さい。あなたにも護衛をつけます」

「大丈夫ですよ。俺が六本木に来てること自体、どっちにも知られてないんだし、ここから地下鉄に乗ったら、一回乗り換えるだけですぐうちだし」

「それなら助かります。正直、こちらも手が足りているとは言えないので」

「デュシャンさんは？　これからどうするんですか？」

「私は捜査に戻ります。神崎が窃盗団の一員という確実な証拠か、本人の自白があればいいのですが、何しろ相手は安住のような素人とは違って尾行しにくい相手です、盗聴も難しいでしょう」

イヴォンヌは友達同士のように手を振って拓人と別れた。

拓人はイベント帰りの人混みに佇んだ。光子は大丈夫だろうか。いや、密かに護衛が付いた大公と一緒にホテルに帰るだけだし、楽器は持っていないのだから、大丈夫だろう。

それより心配しなければならないのは自分だ。いや、もう神崎たちには尾行がついているのだろうから自分や光子の楽器に危険が及ぶことはないだろう。そうじゃなくて、このドームコンサートの後みたいな怒濤《どとう》の群衆と一緒に地下鉄を争わなきゃならないということだ。タクシーに乗る金はないし、あったとしてもタクシーなんか捕まらないだろう。

拓人は別な路線の地下鉄駅を目指して歩き始めた。遠回りの路線になるし、あっちの路線に回ってる帰宅客もそれなりに多いだろうが、ここで、いかにハードケースに入ってるとはいえ、通勤ラッシュ同様の電車にヴァイオリンと一緒に乗るよりはマシだ。

もう少しくらい早く帰ったところで、親の心証がよくなるもんでもない。腹くくるしかない。

大きなビルの横の、少しばかり夜闇の濃い通りに差し掛かった時、誰かが拓人に声をかけてきた。

「君、いいところで会ったね」

神崎の声だ。

第八章　アークエンジェル

「ミツコサン、さっき通りかかったカフェで聞いたのですが、十一時から真夜中まで森田ビルの屋上の庭園でクロージングのダンスパーティをやっているそうですよ。まだ終わっていないはずで……」

「もう何と言われても帰りますよ」

アルベールは悲しそうにため息をついた。

「せっかくショッピングバッグも楽器も預かっていただいて身軽になったのですから、ほんの少しだけダンスを楽しみたいと思ってはいけないでしょうか？」

「ダメです。だいたい、そういうイベントって、招待客しか入れないものですよ。いくらセレブでも顔パスは無理」

「行くだけ行ってみませんか？　つまみ出されたらおとなしく帰ります」

光子は顔をしかめて首を振った。冗談ではない。

「やですよ、そんなみっともない真似」

「言うほど恥ずかしいことでもないですよ。私は時々やってます」

おいおい。

「小心者と言われようと卑屈と言われようと、私は恥をかくのはイヤです！」

「ミツコサンはついてくるだけでいいです。私が交渉しますから」

「でもついてきてる私だってかっこ悪いことに変わりはないじゃないですか」

「いやいや、ミツコサンは私の後ろに隠れていてくだされればよいのですよ。絶対にミツコサンに恥はかかせませんから」

「本当ですね？」

「本当です。約束します」

アルベールはそう言うと、光子の腕を取り直して、森田ビルのロビーへ向かった。

あれっ？　なんかおかしくないか。

そう気づいた時にはもう、二人は招待状を持った者だけが通されるゲートを通って、最上層行きのエレベーターに案内されていた。何をどう交渉したのかは分からなかった。やはりセレブの顔パスなのだろうか。……さっぱり分からない。

エレベーターのドアが開くと、薔薇とさまざまな香水の香りがふわりと鼻先をかすめた。

無数の小さな星があたりを埋め尽くし、地上より涼しく澄んだ大気がそれを揺らしている。

星と思われたものは、蠟燭《ろうそく》に模した明かりだった。薔薇に囲まれた庭園で、比較的年齢層の高いセレブめいた人々が、ゆったりと踊っている。一隅には二十人ほどの小オーケストラがいて、レトロなムード音楽を奏でていた。

アルベールは黒サテンのヴェストを着たウェイターからスマートにフルート・グラスを二つ受け取ると、片方を光子に差し出した。

一口飲んだだけで光子にも分かった。おそらく、いや間違いなく、上質なシャンパーニュだ。

「ミツコサン、私と踊っていただけますか？」

アルベールは胸に手を当て、映画の一場面のようにお辞儀をすると、恭《うやうや》しく光子に申し出た。

「あ……は、はい……」

ちょっと声がひっくり返ったか。光子は大公が差し出した手を取った。

一瞬、留学時代の黒歴史が蘇《よみがえ》る。

「でも私、こういうダンスって、未だにどうしたらいいのか分からなくて……」

「大丈夫ですよ。ワルツのようにちゃんとしたステップのあるダンスと違って、チークダンスは私に合わせて適当に重心移動していれば、それっぽく見えますから。実を言うと、私もいまだにテキトウです」

アルベールは悪戯っぽく笑うと、光子の手を引きよせ、腰に軽くもう片方の手を添え、フロアに滑り出した。

客の半分ほどは日本人だったが、やはりこういうところに招待されるセレブは場慣れしている様子で、皆堂々と踊っている。光子はきまり悪そうにアルベールを上目遣いに見た。

わざわざフォーマルを着ているような人はあまりいないとはいえ、やはりスカートを選ぶべきだったか。

が、数歩フロアを行くうち、不安な気持ちは不思議と消えていった。何故こんなにぼうっとしているのだろう。一日中緊張したあとその緊張が解けたからだろうか。緊張感が解けた？　何故だろう。まだアルベールをホテルに送り届けてはいない。だけどこの気持ちはいったい何なのだろう？　アルベールの腕の中は不思議に安心感に満ちていた。ふわんとして心地よく、まるで夢の中にいるようだ。

「ミツコサン、今日はお付き合いいただいてありがとうございます。とても楽しかったです」

「あっ……わ、私もです！」

ここは社交辞令で軽くそう言っておけば充分だ。しかし光子は、自分でも驚くほどの熱心さでそう言った。

「本当です……本当に、楽しかったです」

どうか社交辞令には聞こえませんように。

「それはよかった。こういう機会はなかなかありませんからね」

「でも殿下、ヨーロッパの王侯貴族はけっこう普段から自由にしてますよね？　今日だって、普通にここに来たいと言えば誰も止めなかったのでは？」

「ばれましたか。多分そうでしょう」

「だったら何故……」

「どうしてでしょうね。やってみたかったから、でしょうか。確かに、ヨーロッパの貴族は比較的自由にしているイメージがありますね。王子がクラブで乱痴気騒ぎをしたり、王女が一般市民と恋をしたり」

「オランダの前女王陛下は自転車でアムステルダムを走っていたとか」

「北欧の王様たちは、城の庭で普通に観光客と喋ったりしていますね」

ならば小国の大公はもっと自由なはずではないのか。

「でもミツコサン、未婚の王子たちの自由と、既婚の君主の自由とはまったく違うものです。王子たちが自由にしていられるのは、君主たちが権威ある家長の役割を演じているからとも言えるのです。ラ・ルーシェ公国は確かに公国ですし、小さな国です。私には英国やスペインの王家のような権威も無ければ、公式行事も少なく、自由だと言えるでしょう。しかし別な見方をすれば、我が公国の権威はただ、私の振る舞いにかかっているとも言えるのです。国民が我が公国の国民であることに嫌気が差せば、我が国は国民投票であっというまに名実ともにフランスの一部になってしまうかもしれません。実際、近年はスペインでカタルーニャが独立を宣言したり、EU離脱を決めた英国でも、スコットランドがEU残留のために独立の国民投票を実施するかどうかという動きがあります。大国の中にさえそういうことのある時代です。弱小の公国など、今の激しい政治経済の潮流の中ではどこに向かって流されるか、まったく分からないのです」

「……………」

「私は国内にいる時も、国外にいる時も、善良で品行正しい佳き飾り物でなければなりません。疑問に思ったことはありませんが……疑問に思わないよう、無意識のうちに自分を洗脳していたのかもしれませんね。今日の冒険も、知られたところで困るほど羽目は外しませんでした」

確かにその通りだった。

光子の頭上で、星と明かりがくるくると回る。自分が回っているのか星が回っているのか、いや、自分の足が地面についているのかどうかも分からない。

「もう良い子でいるのは慣れてしまったし、歳も歳ですから、本当の意味で冒険をしようなどとはちっとも思っていないのですから、別によいのですけれどね。しかし、孤独なものです。私の子供たちは今、外国の学校や職場で自由にしています。政略的な結婚だった妻も、もうだいぶ前に亡くなりました。弟や叔母にもそれぞれに自分の家庭があります。ドリンクバーや牛丼屋の小さな楽しみを共有して、ファストファッションの会計で呆れてくれるような相手もいないというのは、寂しいものなのですよ」

何故だろう。光子はどきりとした。アルベールの言葉が催眠術のように光子を包み込む。

あの物語の結末はどうなるんだっけ？　あの物語、小国の王子と恋に落ちる留学生の物語。

　確か、王子は国を捨てて彼女を取るんだったと……

「ミツコサン、もし、もしもですよ？　《ミモザ》を事実上、自分のものにできるとしたら、どうでしょうか？」

「……え？　おっしゃっている意味が分からないのですが……」

「《ミモザ》は大公家の世襲財産です。どのような事情があっても他人に譲ることはありません。しかしもし、あなたが私の妻になってくれれば、あなたは一生、あの楽器を好きなだけ弾くことができます」

「……！」

　光子の腰を抱くアルベールの腕に、少しだけ力が加わった。

「待って下さい！　ほんの数時間一緒にいただけの人間に、何故そんな……」

「私は人を見る目はあります。ミツコサン、私と結婚していただけますか？」

「ムーン・ラヴ」だ……

　司会者が控えめに最後の一曲だと宣言し、オーケストラが演奏し始めたのがその曲だった。

「あなたにとっても悪くない話だと思うのです。もうあなたは、誇りの持てない仕事とも、アマチュアのオーケストラとも付き合わなくてよいのです。私があなたと《ミモザ》に相応しいアンサンブルを作らせます」

「アラフォー毒女」垂涎《すいぜん》の「結婚で一発逆転」というやつだ。逆転どころではない。ヨーロッパで大公夫人とは！　最下位から一試合だけで何故かリーグ優勝をかっさってしまうようなものだ。本当なら自分に似合うのは、自分と同じくらい地味な容姿で、地味な仕事で、地味な収入の地味な男だ。自分を見染めるべきなのは、王子様の六番目か七番目か八番目の従者、いや、九番目か十番目の従者の友達の友達くらいだろう。だがしかし、下手に歳ばかり取ってしまった女は、分相応のものにはもう心が動かない。自分に相応しいレベルが何なのかは頭では理解できるが、そちらに向かって歩き出すことができないのだ。馬鹿なのは分かっている。分かっている。分かっている。分かり過ぎるほど分かっている。光子の場合、伊達にセレブ記事や自己啓発本の翻訳などをやってしまったので、なおさら耳年増《みみどしま》――いや耳以外も年増だが――になってしまった。分かっている。だけど……

アルベールの申し出に心が動かないと言ったら大嘘だ。いや、もしこの人がヨーロッパの貴族でなかったとしても……私は……私は……

「返事はすぐでなくてよいのです。でも私は明後日には帰国します。二十一世紀では地球上のどこにいようと連絡を取り合うのは簡単ですが、あまり待たされたのでは、私は悲しいです」

ムーン・ラヴ……月の出ている間のかりそめの恋が、日が昇る頃には本物の愛になりますように……そんな歌だ。

光子はアルベールの胸に顔をうずめると、目を閉じた。

拓人はできるだけ何事もないといった様子で振り返った。

全身から汗が噴き出る。

「君、レセプションの時にヴァイオリンを弾いていた子だよね？　私のことは覚えていてくれたかな？　コーディネーターのジュリアン神崎です」

「すみません。何のことか……俺もう遅いんで帰らないと」

神崎に行く手を遮られて、拓人は踵《きびす》を返し、また人混みのほうへ向かおうとした。

神崎は素早く拓人の右腕を捉えた。

「それは音羽光子さんのヴァイオリンだよね？　彼女は友達にヴァイオリンを貸した

と言っていたが、君がその友達だったんだね。音羽さんに、それを預かるという大事な約束をしているんだ。こっちに渡してもらえないかな?」

「ちょっと何言ってるか分かんないですね。放してください。失礼します」

拓人は腕を無理矢理振り切って足を速めた。

「待ってくれ。それを渡してもらえないと、音羽さんとの約束を破ることになってしまうんだ!」

神崎は、拓人がイヴォンヌや光子から神崎についての話を聞いたことを知らない。もうすでにいろいろ知っていることを悟られてはいけない。

「何なんですか! 勘違いですよ! これは俺の楽器です!」

「そんなはずはない! 待ってくれ! 音羽さんとの約束を守らないと、彼女が困ったことになってしまうんだ!」

拓人は人混みに突っ込んだ。神崎はあくまでもいい人キャラのまま追ってくる。

ほとんどが駅に向かおうとしている人混みは、逆流してくる拓人になかなか道を譲ろうとはしなかった。何人かは罵声《ばせい》を浴びせてきた。当然だろう。

神崎は本当にまったくの偶然で拓人を見つけたのだろうか? それとも、回転寿司にいるところからすでに知られているのだろうか? 牛丼屋に大公と光子がいたことは知っていたのだから、その後をつけてきた可能性もゼロではない。こんなことになるのだったら、イヴォンヌに護衛をつけてもらえばよかった。いやちょっと待て。神崎は警察が尾行してるんじゃなかったのか？　だとしたら、こうして俺、というよりは光子の楽器を追いかけ始めた時点で俺を守ってくれてもいいんじゃないのか？　でもそれがないということは、神崎は警察の尾行をまいたのだろうか？　ああ、だからこそあんな森田ヒルズから離れたところにいたのかな？

拓人は逃走に集中しようとしたが、頭が自動的にそんなことを考えた。

　でも今もまだ、イヴォンヌたちや警察は森田ヒルズで神崎を探しているはずだ。イベント警備の警察だっている。今逃げ込むなら、野々川町に向かう地下鉄より、警察密度の高い森田ヒルズだ。

拓人は走った……つもりだったが、普通に歩いているのと変わらない速度でしか前には進めなかった。まるでワールドカップの渋谷交差点だ。ちらりと後ろを振り返る。幸い、神崎は拓人よりも人混みには慣れていないらしく、距離は少しずつ開いている。

しかしこれからどうすればいいのだろう？　こんな時間だ、森田ヒルズの中やショッピングモールにはもう逆流できない。この人混みが途切れるまでに保護してもらえないと、本気で危険なことになりかねない。

ついに人混みが途切れてきた。拓人は思い余って、立ち入り禁止と思《おぼ》しき柵や金網をいくつか越えた。

それでも神崎はついてくる。何語か分からない言語で吐き捨てるような何かを言う。フランス語かなんかで悪態をつかれてるんだろうな……疲れはじめた頭がさらに勝手にそんなことを考えた。

拓人はいつの間にか階段を昇り始めていた。

ここがどこなのか、もう分からない。

息が切れる。膝が震える。

熱帯夜の熱気以上の暑さが全身を襲う。

神崎は拓人以上に疲れているようだった。が、彼はそれでも拓人を追い続けた。

「ちょっと待て……。何なんだこの階段。どこまで続くんだ……？」

非常用と思しき飾り気のない階段は、どこまでもどこまでも続いて終わりがないように思えた。

「何だこれ……まさか……！」

地上五十数階の森田ビルの非常階段に突っ込んでしまったのだろうか。

だとしたら……

拓人はドアに書かれた数字を見た。

そこには「22」と表示されている。

マジか……

あと三十階以上ある。

いや問題はそこじゃない。もし非常ドアが内側からしか開かない構造になっているのなら、どんなに逃げても最上階で神崎に追いつかれてしまうということだ。

だが、ここで立ち止まるわけにはいかなかった。もっとも、立ち止まるつもりはなくても足が止まってしまうかもしれないが。

神崎は姿が見えなくなった。いかにプロの悪党とはいえ、映画の悪役のように完璧に身体を鍛《きた》えているというわけではなさそうだった。だが、拓人が足を止めると、非常階段には間遠ながら足音と荒い息遣いが聞こえる。駆け上がっているというよりは、のろのろとどうにかよじ登っているという感じだろうが、それでも後からついてきていることに変わりはない。

拓人は時々、目についたドアのノブを回してみた。分かっていたが、やはりどれも開かない。

もう限界だ。登りきったところで、逃げおおせられるわけじゃない。

が、拓人が何度目かに足を止めた時、どこからか音楽が聴こえたような気がした。

上からか……？　何だろう、風が通ったような気もする。

拓人は息を弾ませながら踊り場から上を見た。

薄暗い照明の果てに、明るい光が見える。

何だろう。

さらに数階登ると、それは開いたドアのように見えた。

しめた。

そうだった。イベント終わりに森田ビルの屋上庭園でパーティがあるようなことをどこかで聞いた気がする。緊急時にそなえて、非常口を開けてあるのかもしれない。

ならば走り抜く価値はある。

ただ問題は、いかに高校男子とはいえ、最後まで体力がもつかどうかだ。


それは儚い夢かしら？　月明かりの射す時だけの……

月が消える時　私の夢は現実《ほんとう》になるかしら？

……………………。


薔薇園に灯された明かりが、一つ、また一つと消されてゆく。

招待客たちもいつの間にか、みな帰ってしまった。

オーケストラも一人、また一人と帰って行き、最後の一音が星空に消えていった。

香水とシャンパーニュの香りも散ってゆき、ただアルベールのコロンと薔薇の香りだけが残った。

月が消える時、私の夢は……

私の夢は……？

これは夢かもしれない。

「ミツコサン、もう帰……」

アルベールはそう言いかけて、はっと身を固くした。

「あれは……タクトサン！」

何？　いったい何のこと？　光子はアルベールの胸から重い頭を上げた。アルベールはさっきまで光子の手を取っていた左手で、薔薇園を越えたずっと先を指差した。目の焦点が合わない。屋上の何もないところ——多分、こういう高層ビルによくあるヘリポート——の向こう側、事務的な照明の中に、確かに人影のようなものが見えなくもないが……

頭はぼうっとしたままだが、だんだんと目の焦点が合ってゆく。人影は何か見慣れたものを背負っているようにも見える。

小林拓人……拓人なのか？　しかし、どうしてこんなところに？

拓人らしい人影は、顔ははっきりと見て取れないが、それでも、ここから見ても分かるほど大きく肩で息をつき、苦しげだった。そしてその後から、もう一人の人影が屋上の塔屋から現れた。

白いスーツ……

神崎だ！

「ムッシュウ・カンザキ！　何をしている！　その子に手を出すな！」

アルベールが叫んだ。二人の人影がはっとこちらを向く。

やはり一人目は拓人だった。アルベールは光子を薔薇園のベンチに座らせると、ヘリポートを横切って走り始めた。光子はどうにか立ち上がると、必死にその後を追った。

「ムッシュウ・カンザキ！　あなたの企《たくら》みはもうばれているんだ！　諦めてその子には近づくな！」

アルベールが芝居がかったセリフを口にした。

まさか現実にそんなセリフを聞くとは。

「畜生！　もはやこれまでか！」

まさか現実にそんなセリフを聞くとは。神崎は隅に追い詰められた格好になった拓人にあと一歩のところまで迫っていた。

「ならばそのヴァイオリンなんか叩き割ってやる！」

アルベールと光子がたどり着く前に、神崎は拓人に追いつく。拓人は楽器ケースを胸の前に抱えていたが、神崎が掴みかかる一瞬前、それを開けた。

中は空だった……！

次の瞬間、どこに隠れていたのか、大勢の警察官が現れて神崎を取り囲んだ。塔屋からヴァイオリンを持った女性警察官——持ち方からして、素人ではない——と、よれよれのトレンチコートを着た中年の男が現れた。

トレンチコートの男は年季の入ったしわがれ声で叫んだ。

「ジュリアン神崎！　神妙にお縄を頂戴しろ！」

ちょっと待って。ちょっと待っ……

何これ？

「待ってくれ！　司法取引だ！　司法取引を要求する！　俺はただの駒だ！　主犯は俺じゃないんだ！」

「だったら誰だと言うんだ！　日本の警察をなめるな！」

まさか現実にそんなセリフを聞くとは。

「主犯は安住誠二だ！　この間レセプションの後、安住から話を持ちかけられたんだ！《ミモザ》にそっくりな楽器を知っているから、本物とすり替える計画があるとね！　俺はふざけ半分にそれに乗ったようなことを言ったら、大公にばらすと脅迫されて、持ち駒として利用されただけなんだ！」

安住誠二……その名は不吉に響いた。

「すべてはあいつが仕組んだことだ！　俺は騙されたんだ！　俺は……」

「話は聞かせてもらった！」

誰かが薔薇園のほうから叫んだ。まさか現実にこのセリフを聞くとは。

「安住さん……！」

「ムッシュウ・アズミ……！」

「安住！　お前……！」

全員が一斉に声のほうに振り返る。そこにはイヴォンヌと安住が立っていた。

「私のことはどう思っていただいてもいいです。取り調べが必要だというのなら、取り調べも受けるつもりです。罪に問われるとすれば、それも甘んじて受け入れましょう。でも、全ては神崎のこの発言を得るためでした」

安住は胸ポケットから何かを取り出すと、それを頭上に掲げた。

「…………………」

何かぼそぼそと音がするような気はするが、何が何だか分からない。

「聞こえませ〜ん！」

拓人が、ホームルームでもそもそ喋る子に野次を飛ばす口調で言った。

「ちょっととりあえずみんなあっちに集まってもらえる？」

しわがれ声のトレンチコートが促すと、全員が安住のいる薔薇園に集合した。

「……俺を誰だと思ってるんだ。最年少で《ミモザ》の盗みやったの、俺だぜ？」

安住が手にしていたのはＩＣレコーダーだった。声は間違いなく神崎のそれだ。

「そっ……それは……冗談で言っただけで……」

安住はＩＣレコーダーをトレンチコートの男に渡して言った。

「私は二十年前の盗難事件の当時、ヴァイオリン製作の師であるレーヴィとともに《ミモザ》の修復に関わっていました。あの頃、ご健在だった大公夫人の取り巻きの中にいた少年、事件の後に姿を消した少年こそ、長じてジュリアン神崎と名乗っているあの男だと気がついたのです。顔立ちはかなり変わっていましたが、私は職業柄、ものの形を見分けるのは得意なのですぐに分かったのです。私は自分も悪党のふりをして神崎に近づきました。さっき大公殿下が牛丼屋にいらっしゃった時、神崎の居場所もそこだと分かったので私も急いで行き、神崎に追いつきました。殿下が光子さんの楽器を持って逃げていったところも見ています。神崎は光子さんの楽器がイベントエリアにあると思って探しに行くというので、神崎には楽器は見分けられないだろう、私の目が必要だと言って同行し、話を向け、この証言を引き出したのです。日本の法律ではこの録音は証拠として扱えるかどうかは分かりませんが、少なくとも、手掛かりにはなるでしょう」

「おっと。何か誤解があるようですね」

神崎はいつもの落ち着いた口調――必死さはにじみ出ていたが――で言った。

「そんな曖昧な記憶で人が裁けるわけがないでしょう？　まあ、すぐに誤解は解けると思いますが……」

「さあどうかしらね。余罪はいくらでもあります。麻薬密輸、盗品売買、美術品の窃盗、人身売買の仲介の疑いもね。調べれば何でも出て来そうよ。今頃私の部下たちがフランスのあなたの自宅に向かっているわ」

イヴォンヌが、今度ばかりはやや勝ち誇ったように言った。

「日本の拠点も家宅捜索だ。令状《フダ》取れ」

トレンチコートが部下らしき若い男に渋い声で言い、神崎に手錠をかけた。

「話は署のほうで聞こう。安住さん、あなたもだ」

まさか現実にそんなセリフを聞くとは。神崎と安住を連行した警察は、ぞろぞろとエレベーター・ホールに向かった。

どこかからドラムを連打するような爆音が聞こえてくる。強い風が薔薇を吹き散らした。

「では、タクト、ミツコサンをよろしくね！　私たちは帰ります！」

どんどん強くなる爆音の中でイヴォンヌが叫んだ。

強風が上空から吹きおろしてくる。見上げると、もうすぐそばまでヘリコプターが来ている。ヘリコプターはますます強く薔薇の香りをかき乱しながら着陸し、大公とイヴォンヌを乗せた。ほとんどタッチ・アンド・ゴーと言っても過言ではない素早さで再び離陸すると、あっという間に夜空に消えていった。

「ちょ、あれ、必要ですかね……」

拓人は上空を見上げながらつぶやいた。

光子はさらに高く舞い上がってゆくヘリコプターを見上げようとしたが、目眩がしたのでやめた。ただでさえいつもならもうそろそろ寝ようかという時間にシャンパーニュを飲んでダンスをしてしまったせいか、もう完全に酔いが回っていた。眠い。あれだけいろいろ派手なことが起こったというのに、今にも寝落ちしてしまいそうなくらい眠い。

「大丈夫ですか？　光子さん？」

「大丈夫。ちょっと酔っちゃって……眠いだけ。君こそ大丈夫なの？」

「全然。まあ明日になったらけっこう筋肉痛かもしれないですけどね。でも腕は足に比べたらまだマシだと思うし、本番はちゃんとやりますよ。……あっそうだ、光子さん、これ。楽器」

「ありがとう……」

拓人は女性警察官から受け取って再びケースに収めた光子のヴァイオリンを手渡し

た。

ああ、しかし……眠い。頭も痛くなってきた。

何もかもが信じがたかった。

「もう私、どうしたらいいのか分かんないよ……いろいろあり過ぎて……」

「だったら……そうですね、とりあえず、寝ましょう！」

「えっ……ちょ、ちょっと何言ってるか分かんな……」

「だって光子さん眠いんでしょう？　寝ちゃってください。爆睡しちゃってください。爆睡して忘れてください」

「あ、そういうことね……まあそりゃそうだよね」

「俺が見張ってますから、安心して爆睡してください。俺は若いんで、一晩くらいオールでも全然いけますから」

「若いとか一言余計だよ……」

「これはきっと夢ですよ。だって、風営法から考えてこんなに夜中にイベントが続いてたのも不自然だし、高校生の俺が補導されないのもヘンだし、フランス警察が日本で好き勝手やってるのも非現実的だし、何より、あのヘリ何なんですか、何もかもおかしいでしょう？　だからこれは夢なんです。夢だから、寝て忘れてください」

「うう……」

そんなアホなと言いかけたが、もう意識は半分以上なかった。眠い。薔薇園で一夜を過ごしたら、虫が出るかもしれないし、朝、管理人に通報されるかもしれないし、何より顔に芝生の跡がついて半日くらい取れないかもしれない。明日本番なのに。が、これが夢なら、虫に刺されたり顔に芝生の跡がついたりはしないだろう。

光子は深い眠りに落ちた。


「光子！　起きて！　起きてよ〜。楽屋で寝ないで〜」

光子ははっとして顔を上げた。

「えっ……何……？」

「何じゃないよ〜。本番の前に寝るなって」

光子は辺りを見回した。見慣れたアルペジオ・ホールの、女性奏者たちに割り当てられた楽屋だった。鏡台の鏡に映った光子は、いつものステージ用の黒ドレスを着ている。光子を起こしたのはフルートの美絵《みえ》だった。

「うわ。わ……私、寝ちゃってた？」

「うん。ちょびっとね。疲れてるの？　仕事？」

「あ……いや、大丈夫。疲れてるっていうか……」

何だろう、長い長い夢を見ていたような気がする。

時刻はもう本番まであと三十分といったところだった。何もかもいつも通り、と言いたいところだが、いつもなら高揚した良い意味での緊張感が漂っている楽屋に、何故か殺伐とした暗い緊張感が淀んでいた。

「え……何かあったの？」

「うん。さっきステマネ（ステージ・マネージャー）のほうから報告があってね、なんか、チケットの払い戻しがすごいんだって」

近くに座っていたコンサートマスターの島田朗奈と望月祥子が、不安そうに顔を見合わせた。

「客の大半はやっぱり幻の名器《ミモザ》がお目当てだったたから、結局……ってことらしくて」

望月はそう言いながらメイクしたばかりの目頭をハンカチで押さえた。

「なんかこんなことになっちゃって……私、どうしたらいいのか……」

「ちょっと、祥子が責任感じることじゃないよ。祥子は逆に《ミモザ》の件には巻き込まれた被害者みたいなものじゃない。泣かないで」

島田がそっと望月の肩に触れる。その肩は小刻みに震えている。

「やっぱりまだ全く実績のないアマオケでS席三千五百円はねえ……多分前例ないし、お客さんからしたら、アマオケにそれだけ払ってるっていうより《ミモザ》に払うつもりだったんだろうから、まあ分からなくもないけどさ……だけど……ねえ」

美絵がそう言ってため息をついた。

「でも今回は経費がすごかったから仕方ないよね。まりやさんのポケットマネーでもカバーしきれなかったんだし」

「でも光子、大里峰秋のコンサートって考えたら三千五百円は破格の安さだよ。大里さんのファンが来てくれないかなあ」

「大里さんのファンだって全国に散らばってるんだろうし、そう簡単にはいかないんじゃない？」

言いたくはないが、たとえ楽器が《ミモザ》でなくても、大里がソロでオーケストラがプロなら、もっと高額でも集客は普通にできる。だが、オーケストラが無名も無名、実力のほども確かではないアマチュアとなると、たとえソロが大里でも聴きに来ないファンはたくさんいるだろう。むしろ逆に、オケがアマチュアだからこそファンとしては聴きたくないという向きもいるだろう。しかも、相当な数が。

「何にしても、大里さん頼みじゃなくて、私たちがもっとしっかり……」

光子の言葉を遮るように、ステージ・マネージャーが女子楽屋に声をかけた。

「ちょっとみんな、リハ室に集まってくれる？」

もはや嫌な予感しかしなかった。

本番の衣装を着終わった奏者たちは、不安な面持ちでリハーサル室に向かった。

合唱つき大オーケストラ曲のリハーサルもできるだけの広さのあるその部屋に、楽器を持っていないオーケストラ・メンバーの全員が集合した。中央には、プロのオケ奏者でアークエンジェルのチェロ指導をしている首藤《しゅとう》と、金管指導の張本《はりもと》、黒瀬まりや、団長の田部井等の役員たちがいる。

全員が集まったことを確認すると、ステージ・マネージャーが話し始めた。

「もうみんな分かってるとは思うけど……けっこう事態は深刻な感じです。いろいろと。今の状況だと、最悪の場合、本番には客席が……」

ステージ・マネージャーは少し苦しそうに、指先で自分のネクタイを緩めた。

「三割切るかもしれなくて……」

団員たちにどよめきが走った。

光子の記憶が怒濤のように蘇った。

そうだった。さっきの舞台練習では、前代未聞の事態が起こったのだった。ラ・ルーシェ大公からは何のアナウンスもないまま舞台練習が始まり、大里峰秋は自分の楽器でチャイコフスキーの協奏曲を弾いたのだが、オーケストラは動揺していた。しかし実は、大里が現れる前から舞台練習の結果は散々だった。「スピットファイア」では一度、ショスタコーヴィチでは二度、難しいところで止まり、そして大里を迎えたチャイコフスキーの協奏曲では、ソロを見失う場面が何度かあったのだった。

いかにアマチュアのオーケストラとはいえ、最後の舞台練習で止まるようなことはまず起こらない。初心者ばかりのオーケストラでも、本番直前にはそんなことはまずありえないのだ。ましてや、オーディションありで選ばれた経験者ばかりのオーケストラでは、絶対に起こり得ない事態だった。それが起こってしまったのだ。

それを除いても、出来は決して良くはなかった。いや、ひどい出来だと言われても否定できない。普段は冷静で自分の体調や動揺を団員たちに見せない指揮者の金田も、額から大粒の汗をぬぐっていた。

朝からちらほらとチケットキャンセルがあった。前日まではむしろキャンセル待ちの長いリストがあったくらいなのだ。それが、当日になっても《ミモザ》についてのアナウンスが何もないと見るや、キャンセル待ちリストはどんどん短くなり、ついには定員を割り、払い戻しが始まったのだ。

ネットには数日前からすでに中傷やろくでもない噂が書き連ねられていた。大公の財政的な破綻と《ミモザ》の闇売り説も含めて、いくつもの陰謀論のヴァリエーションがあった。

しかし、ただの中傷なら、みな耐えられただろう。何より打撃になったのは、普段クラシックなどに何の関心もないネットユーザーたちがくちばしを突っ込んできたことだった。アマチュアがオーケストラをやっているということ自体が中傷の対象になったのだ。プロの端くれにもなれないような人たちが演奏家ぶってオーケストラとか言っちゃうのって、何なの？　そんなのいらなくない？　自己陶酔の極《きわ》みじゃないの？　ていうか、うぬぼれ？　ジコマン？　マウンティング？　アテクシは音楽家ですのよ、的な？

役員たちは団員にできるだけスマートフォンを見るなと言ったが、全く見ないでいることは、それはそれで神経を蝕《むしば》んだ。

しかしそれにしても、最後のリハーサルで止まってしまうのはさすがにひど過ぎた。それがさらなる動揺を呼び、アークエンジェルは今や……そう、正直に認めるべきだろう、今や崩壊寸前だった。

「それでね、今、僕の知り合いに声かけたんだけど……」

話し始めたのはチェロ指導者の首藤だった。ぽっちゃりとした小柄な男だが、人望とカリスマ性がある。

「最初はうちの団員たちに聴きに来てくれるように呼びかけたんだけど、違う話も出てきたんだよね。うちの団、新首都交響楽団だけど、今日、本番がないんだよね、それで、今の状況を話したら、何人かがトラとして乗ってもいいって言い出したんだよね」

つまり、プロのオーケストラ奏者たちがエキストラとしてステージに乗る、出演してもいいと言ってきた、ということだ。

「はっきり言って、今のままじゃちょっと……いや正直、ダメかもしれないんだよね。僕みたいなパート指導者は普段なら本番には来ないでしょ？　だけどこうやって来ちゃったってことは、それだけ心配だったわけ。実際、心配は的中しちゃったわけで……」

団員たちは互いに顔を見合わせ、ざわついた。

「いや、君らがこのままやるっていうんならもちろん止めないよ。だけどもし、手助けが必要なんだったら、今日本番がない新首都交響楽団と、張本君んとこのハルモニーレーレ管弦楽団の面子が、こう言っちゃなんだけど、君らの代わりに演奏してもいいという話になってる。もちろんギャラは取らない。客はだいぶ減っちゃってるみたいだけど、大里さんの舞台だし、ちゃんと責任の取れる演奏をしないといけないわけで……」

ざわめきが大きくなった。

「開演を六時から六時半にしてもらえれば、面子は揃えられるよ。スピットファイアとタコ一《いち》はそんなに演奏する機会はない曲だけど、こう言っちゃ悪いけど、君たちの普段の演奏と同等かそれ以上の出来は保証できると思うんだよね。チャイコンと一八一二は基本の曲だから、これは全然心配しないでほしいんだ。とにかくさ、今は今日の舞台を失敗させないことを最優先にしないといけないと思うんだよね」

ざわめきはもはやざわめきとは言えず、喧騒《けんそう》に近くなり、団長の田部井が申し訳なさそうに口を挟んだ。

「さっき大里さんとも話したんだけど、《ミモザ》が使えないんだったら、せめてチケットの値段以上の演奏を聴かせないといけないのは……まあ事実で……。大里さんははっきりとは言わなかったけど、今の僕たちと共演するのは気が進まないようだった」

　ざわめきは一瞬にして沈黙に転じた。

「大里さん自身は、契約した以上、責任のある演奏はすると言って下さったけど……僕らのほうが責任が取れるかどうか怪しいからなあ」

　首藤が田部井の後に続けた。

「君たちには第二回定演以降があるって考えれば、今日のところは僕たちに任せてもらえないだろうか。まあいろんな意味注目はされてるから、ネットで拡散すればまあ五割かそのくらいは席は埋まると思うんだよね」

　彼らプロ奏者が「させてもらえないだろうか」などと下手《したて》に出るいわれはない。その首藤の気遣いがかえって、今のアークエンジェルの窮状を物語っていた。

　何より不吉なのは、こういう時真っ先にソプラノで騒ぎ立てる黒瀬まりやが黙っていることだった。彼女はエルテのファッション画に出てきそうなアール・デコ調のワンピースを着て、関節が白くなるほどきつく両手を握りしめ、ただただ不安そうな顔をするばかりだった。

「ちょっとみんなで話し合ってくれる？　といっても時間はあんまりないけど。やるんだったら本番まであと二十分切ってるし……」

金田は皆にそう呼びかけた。話し合うと言ってももう結論は見えた雰囲気はあった。

「やっぱり今回はそうしたほうが……」

「でも、今までずっと練習してきたのがムダになっちゃう」

「だけど、この状態じゃねえ」

「出たい人、自信がある人だけは出してもらうんじゃダメかな？」

「えっ、プロに混じって演奏すんの？」

「僕はそれはムリだな……」

「でも私は乗れるものなら乗りたい」

「出来上がりを考えたらプロだけに任せた方がいいかも……」

小声で話せと言われたわけでもないが、どうしても皆小声でこそこそと話し合ってしまった。ある種のうしろめたさがあるのだ。

代わりにプロに演奏してもらう……日本のアマチュア・オーケストラは戦前からの歴史があるが、おそらく、こういう事態は前代未聞だろう。しかし、普段ならアマチュアと共演するレベルではない、日本を代表するヴァイオリニストの一人、大里峰秋のステージを失敗させるわけにはいかない。

「じゃ、今回だけは仕方がない……ってことで、いい……かな？」

まりやがメゾソプラノくらいの音域で申し訳なさそうに言った。

誰も反論する者はいなかった。ただ、漠然としたざわめきがあるばかりだった。

「でもなんかそれってヘンじゃないですか？」

突然、拓人の声が響き渡った。全員が沈黙する。

「えっ……ちょ……何なんですか、なんでみんな俺を見るんですか……」

拓人は別に、学園ドラマの熱血生徒のように皆に呼びかけたわけではない。光子だけに言った言葉が、たまたまざわめきの切れ間に響いてしまっただけだ。

「何？　言いたいことがあったら今のうちに言っちゃって。遠慮しないで」

田部井が促すと、全員が口をつぐんだ。皆が拓人の話を聞く体《てい》になる。

「ていうか、俺は別に……」

「いやいや、いいから。言っちゃって」

「えっ……いやその、何ていうか……うまく行かなさそうだからプロに演奏してもらうんじゃ、それこそアマオケなんかいらないって話じゃないかなと思って。プロの定義は『お金のために演奏する人』じゃないのと同じで、『アマチュア』の定義は『プロになれなかった人』でもなければ『プロより劣る人』でもないじゃないですか。『愛好家』でしょ？　音楽が好きすぎて聴くだけじゃなくて演奏しちゃいたい、ギャラもらうどころか自腹切ってでも演奏したい、っていう人の集まりがアマチュア・オーケストラなんじゃないんですか？　プロみたいに上手くはないかもしれない、でも、それを承知で、恥をかくかもしれないけどそれも覚悟の上で演奏を全うするっていうのが、『愛する人』の集合であるアマチュア・オーケストラの誇りかなあと思ったんですが、違うんですか？」

沈黙より静かな沈黙、息の音さえ聞こえないほどの沈黙があった。

「その通りだよな」

「じゃないと私たち、今まで何やって来たんだって話よね」

「よく言ってくれた！　その通りだ！」

「僕は乗りたいね。ていうか、みんなそうでしょ？」

「そうだそうだ！　ここまで来たらやるしかない！」

「やろう！　さあ本番だ！　みんな行くぞ！」

「本番まであと十分だ！　急ごう！」

「ちょ、何なんすかこの熱血展開。俺のはただの素朴な疑問だっただけなんですが

「……」

しかし、もうすでに全員が楽屋に楽器を取りに向かい始めていた。

「じゃ、いいのねーー！　みんな演奏するのねーーー！　それじゃ金田先生、お願いしますーーーーー！」

まりやがいつものソプラノで叫んだ。

「どうせやるならおっかなびっくり演奏しちゃダメだ！　思い切って行け！　爆演上等！」

首藤も皆の背中に向かって叫んだ。

「爆演って何すか？」

舞台袖でステージ・マネージャーから出の合図を待ちながら、拓人が光子に小声で聞いた。

「多分、これから起こることよ」

「字面《じづら》からしてうっすらと想像はつきますけど……まいったなあ、俺、今日、ガチで筋肉痛じゃないですか」

「えっ……！」

光子が聞き返そうとしたのとほとんど同時に、ステージ・マネージャーから出の合図があった。

アルペジオ・ホールはいわゆるシューボックス型と言われる直方体型のコンサートホールで、客席は舞台を取り囲むバルコニー席があり、舞台の背後にはパイプオルガンがある。内装は日本のホールには珍しく、象牙色の柱とセラドン・ブルーの壁が特徴となっていた。音響には定評があった。響きはやや華やかさには欠けると言われるが、解像度が高く、編成の小さな古楽アンサンブルから大規模な近現代オーケストラに対応できる柔軟性がある。要するに、はったりの利かない、演奏者の実力が如実に表れてしまうホールでもあった。運営母体であるアルシュ建設がアマチュア団体の支援を標榜しているだけに、プロばかりでなくアマチュア・オーケストラのコンサートにも使われたが、プロのコンサートで押さえられていることの多いこのホールの使用抽選に当たるのは至難だった。「アルペジオのステージに乗る」のは、アマオケ奏者にとって喜びであり、憧れなのだ。

これが初めての定期演奏会である東京アークエンジェル・オーケストラにとって、

もちろんこれが初めてのアルペジオ・ホールだった。メンバーのそれぞれは少なくとも一度はここで乗ったことがある者ばかりだったが、アークエンジェルとしてのステージは初めてだ。このメンバー、この曲、この本番でどう響くかは、やってみないと分からないところがあった。ましてやあの散々な舞台練習の後だ……。誰にも不安がないと言ったら嘘になる。しかし、今彼らの心の支えになっているのは、さっき首藤が言い放った一言だった。爆演上等。そう、爆演上等じゃないか。何しろ曲はスピットファイアとタコ一とチャイコンと一八一二年序曲だ。特にタコ一は、弱音の部分も決して弱々しい曲ではない。ピアニシモでさえ緊張感と爆演の予感ではち切れそうな曲だ。

客席の入りは、最悪の予想よりは少しはましだったが、四割程度だった。もっとも、そうだからといって手を抜くなどということはあり得ない。今はただ、それでも来てくれた聴衆の前で、可能な限り、いや、限界よりも一歩先の演奏を聴かせるまでだ。

スピットファイアは金田の指示で、練習時のフォルテよりやや強めのファンファーレで開始された。当然、それに従ってフォルテ、フォルティシモはかさ上げされる。ヴェテランのメンバーたちは普段ならこれは少しやり過ぎだと思っただろう。が、今日は誰もがそうは思わなかった。躊躇なく金管が叫ぶ。戦闘シーン風のフーガはまさしく戦闘シーンとなった。翼が宙を切る旋風、爆撃、勝利の凱旋《がいせん》。優雅ささえ漂わせるプロペラ機というよりは超音速ジェット攻撃機になったかもしれないが、一体何の問題がある？

そう、それでいい。オーケストラのテンションは拍手で散らされることもなく、そのままの勢いでショスタコーヴィチの一番に突っ込んだ。冒頭のいかにも現代音楽風の臨時記号だらけの導入部は、厳しい問いを突き付けるように鋭く響き、付点のリズムを持った第一主題がそれに反抗するように答える。

第一楽章は展開部に入るとますます爆演の度を増した。タコ一はオーケストラ全体の古典的な配備に対し、パーカッションの編成はティンパニの他、大太鼓、小太鼓、シンバル、トライアングル、銅鑼《どら》、グロッケンシュピールと、非常に大きい。さらにこれに、音階を持った打楽器とも言えるピアノが加わるのだ。第二楽章は入りにくくて危険なチェロの冒頭が上手く入ったので、パーカッション群が強奏する頃には、客席もうすっかりこの爆演を疑問に思わなくなっていた。

そう、それでいい。それでいい。それでいい！　いや、それがいい！

光子は何も余計なことを考えず、ただただ演奏した。いつも以上に他のことに気を配っていられなかった。

しかし人間の脳というのは不思議なものだった。そうして音楽以外のことに欠片《かけら》の意識も向けない状態が、かえって光子の頭をバックヤードでフル回転させていた。第三楽章の重い苦悩が決然とした開き直りにも思える第四楽章に入る頃には、光子の脳裏にはある考えが浮かんでいた。そんなことを考えている場合ではない。が、頭は音楽と共に自動的に思考した。

《ミモザ》がどこにあるか、分かってしまったのだ。

シャーロック・ホームズ曰く、「不可能なものをすべて取り除いて最後に残るのは、どんなに信じがたくとも、それが真実」なのだ。

第九章　ミモザ再び

フォルティシシモより確実に一段階は上の爆音で第四楽章が幕を閉じると、光子はステージからはけるのとほぼ同時にステージ・マネージャーの腕を捕まえた。

「お願い。今すぐネットに、後半のコンチェルトで《ミモザ》を使うと宣言して！」

「えっ……何？　何？　急に？」

「大公殿下にはこれから話しに行きます。でも、もう断言していいです。必ず《ミモザ》を登場させます！」

「でも……なんで音羽さんがそんなことを？」

ステージ・マネージャーは訝しげに顔を曇らせたが、光子は引かなかった。

「いいからお願い！　それから拓人！　久保田！　あなたたちにもちょっとお願い！　頼みがあるの！」

光子はステージ・マネージャーの腕を放すと、今度は拓人と久保田を呼び止めた。

もはや一刻の猶予《ゆうよ》もない。

「アルベール殿下の控室に大里さんとまりやさん、来てたら安住さんと、それから……神崎さん……は……」

拓人が何を言ってるんだと言わんばかりのあきれ口調で答えた。

「神崎は昨日警察に逮捕されたじゃないすか。まだ警察じゃないの？」

「だ……だよね……」

やはり夢ではなかったというのか。

「みんなを集めてくれるかな？　休憩は二十分しかないから早く！」

拓人と久保田は顔を見合わせたが、光子に急かされ、納得しないまま走り始めた。

光子は大公の楽屋に走った。セレブらしく、アルベールは短い休憩時間でも、客席から楽屋に戻ってきていた。光子が駆けつけるとイヴォンヌがそれを押しとどめた。

「ミツコサン！　いくらあなたでも無礼ですよ！　約束もないのに殿下のお部屋に押しかけるなんて！」

「でも、殿下！　聞いてください！　私は……」

「ミツコサン！　殿下の前です。騒がないで下さい」

「殿下！　どうしても私の話を聞いてください！　後半のコンチェルトに《ミモザ》

を出演させます！」

「……！」

イヴォンヌの後ろで、大公が弾かれたように立ち上がった。

「光子さん、みんな連れてきましたけど」

拓人と久保田が、大里峰秋と黒瀬まりや、安住誠二を連れてやって来た。その後ろからステージ・マネージャーとウェブ担当の団員が数人ついてくる。光子はイヴォンヌの肩越しにアルベールに呼びかけた。

「ネットでそう宣言してもいいですよね？」

「いいでしょう」

アルベールははっきりと大きくうなずいた。

「どうかそうしてください」

ステージ・マネージャーとウェブ担当者たちは驚きながらも、急いで大公の楽屋を後にした。

「いよいよあれか？　探偵が関係者一同を集めて『犯人はお前だ！』ってするやつ。あるいは『読者への挑戦状』か」

いつもの調子の久保田と絡《から》んでいる時間はない。

「いいから久保田はちょっと黙ってて」

アルベールが皆に椅子をすすめたが、誰も座らなかった。

光子は一つ大きく息を吸い込むと、話し始めた。

「手短にお話しします。イヴォンヌは大公殿下に通訳をお願いします。結論から言うと、あのレセプションの日、楽屋で《ミモザ》が消えたからくりは安住さんと殿下の共犯によるもの、そして、本物の《ミモザ》は二〇〇五年から私が持っている、このヴァイオリンです」

アルベールが小さなため息をついた以外、誰も何も言わなかった。

「私は、保険会社が発表した《ミモザ》の写真が、あまりにも自分の楽器にそっくりだったのが不思議でした。もちろん、世の中には似た楽器はいくらでもあります。でも、去年つけてしまった裏板の傷まで一緒なのは、いくら何でもあり得ません。でもさっき気づいてしまったんです。あの写真は、ラ・ルーシェ公国で撮られたものではないんです。去年、私が楽器をぶつけてしまった時に安住さんの工房に持って行った際に、安住さんが安住さんの工房で撮った写真だったんです。殿下はそれを安住さんから受け取って保険会社に提出したんです。

大公殿下と安住さんが通じていたと考えれば、全ての謎は解けるんです。レセプシヨンで《ミモザ》が消えた仕組みはこうです。

殿下は楽屋でまりやさんや保険会社の人たちに楽器を確認させた後、ケースの鍵をかけなかったんです。安住さんは一人で楽屋に残った時、《ミモザ》……いいえ、殿下の楽器を含んだいくつかを入れ替えた。ただ入れ替えただけだったら、楽屋には殿下の楽器一、私たちアークエンジェルの楽器六、子供たちが弾いた安住工房の楽器十一、安住工房の予備の楽器一で、合計十九のヴァイオリンがあるはずです。ここがミソなのですが、安住さんは最初から予備の楽器を持って来ていなかったのです」

光子は全員にその意味が浸透するのを待って少し間を置いた。

安住がわずかばかり身じろぎをした。

「子供たちに楽器を渡す時も受け取る時も、安住さんが一人でしたんですよね？　だとしたら、予備の楽器が持ち込まれていたかどうかは安住さんしか知らないはずです。あのダブルデッカー・ケースの一つは、最初から楽器が一つしか入っていなかったんです」

「でもさ」

拓人が口を挟んだ。

「警察立ち合いで楽器を確認した時、安住工房の楽器にはどれも安住さんの銘が入ってたじゃん」

「そこなのよ、殿下が日本に持って来たのは、《ミモザ》ではなく、安住さんの楽器だったんです。そうですよね？」

イヴォンヌが通訳し終わると、アルベールは大きくため息をついて、安住と視線を交わした。

「その通りです、ミツコサン。認めましょう。隠していましたが、セイジは実は、私の長年の友人です。彼と彼の師レーヴィが《ミモザ》の修復をした時からの友情です。こうなったからにはすべてをお話ししましょう。というより、本来は最初からミツコサンには正直に話すべきだったのです。

皆さんはもう、二十年前の盗難事件のことをご存じですね？　あの時盗まれたのは、本物の《ミモザ》でした。しかし、私は後にそれを否定する声明を出しました。そうすれば、犯人たちは、誰にも《ミモザ》を《ミモザ》として売却できなくなる。ヴァイオリンの鑑定は非常に難しいものです。ましてや、それまで世間に詳細なデータのなかった《ミモザ》は、我がラ・ルーシェ公国が関わらなければ本物の証明ができません。私は最初、そうして時間を稼いでいる間に犯人側からの接触を待ったのです。いざとなったら身代金を払うつもりでした。しかし、そういうことは起こりませんでした。

私は《ミモザ》の修復当時に、修復と並行して製作されていたセイジによるコピー楽器に頼ることにしました。彼が作った楽器を《ミモザ》として演奏家たちに弾かせ続けたのです。幸い《ミモザ》はもともと保存状態が良かったので、セイジの新しい楽器をオールドと言っても誰も気づかなかった。何より、彼の楽器は素晴らしかった。世界中の名演奏家たちがその素晴らしさを褒めたたえました。

私はその後も《ミモザ》の捜索を続けましたが、その足取りはまったく摑めませんでした。窃盗団は五人いて、そのうち二人は余罪も多かったので比較的簡単に逮捕されました。そして、他の二人はマフィアに殺された。おそらく、《ミモザ》を売却しようとして失敗したのだろうと言われています。最後の一人はまだ少年で前科もなく、言わば小物でありすぎたために正体も不明、その後の足取りも摑めませんでした。結局、それが今回の私のコーディネーター、ジュリアン神崎だったのですが……」

「でも、なんでそれに光子さんが関わって来るんですか？」

「タクトサン、それについては、セイジから話してもらいましょう」

アルベールは安住を見た。安住はもうすでに覚悟を決めていたようで、ためらわずに話し始めた。

「おそらく、盗んだ《ミモザ》を本物だと信じていた二人が殺害される前に、誰かに売られたのでしょう。これは推測ですが、マフィアへの売り込みに失敗した三人は、やはり偽物だったのではないかと考えて無名のヴァイオリン・ディーラーに二束三文で売ったのではないかと僕は想像しています。目利きの有名ディーラーの手に渡れば、それが尋常ではない優れた楽器だと分かったでしょうから。

そして、あまり目の利かないディーラーたちの手から手へと渡って、日本で『グァルネリ型のコピー楽器』として売られたのではないかと思います。それを買ったのが音羽光子さん、あなただった、というわけです」

「私にこの楽器を売ったディーラーさんは、二〇〇一年にイタリアで仕入れたオールド楽器のコピーの一つで、多分十九世紀後半くらいのものじゃないかと言ってました」

アルベールが顔を輝かせた。

「そうですか！　では、さほど人手を転々とはしなかったのですね。よかったです」

「だけど、なんで今ごろになってそれが分かったんです？」

安住が後を続けた。

「拓人君は知っているかどうか分からないが、去年、音羽さんが楽器をぶつけてしまったと言って、僕の工房に紹介されて来たことがあったんだ。その時、僕が気づいたんだ。その時、短時間だけだったが楽器を預かって写真を撮った。あの時はただ、大公と共に検討するための資料のつもりで写真を撮っていた。だけど、その後になってこの作戦を考えついた。ちょうどその頃、黒瀬さんが新しいオーケストラを創立しようとしていたので、僕は音羽さんにオーディションを勧《すす》め、強く推薦して入団させました。早い話、アークエンジェルを利用したのです。

殿下は《ミモザ》、というか、本物の《ミモザ》ということになっている僕の楽器を持って来日することにし、僕は前もって、僕の工房のレンタル楽器につけているのと同じ弦やテールピースを殿下に送っておいて、それを楽器にとりつけておいてもらった。そして来日時のレセプション当日のことについては音羽さんの言う通りだった。あの時楽器を入れ替えたのは、僕が大公殿下には伝えず独断でしたことです。殿下が楽器ケースを皆の前で開けた時の驚きをリアルなものにする必要があったからです。

計画ではこうなるはずでした。レセプションで《ミモザ》は行方不明になり、保険会社は情報を求めて写真を公開する。僕は音羽さんに『あなたの楽器は《ミモザ》に似過ぎていて危険だから』と言って楽器を預かり、僕の工房で、殿下が持ち込んだ楽器と、音羽さんの楽器、つまり本物の《ミモザ》を取り換える。そしてそれを殿下にお渡しする。殿下はその本物の《ミモザ》をコンサートで使わせ、それを持って帰国する。保険会社が写真と楽器を照合すれば、寸分たがわず一致する。音羽さんには、こうやって回収した僕の楽器を、後日『これは僕がかつてスクロラヴェッツィのコピー楽器として作ったもので、思い入れがあるので、無償で補修したい』と言って軽くニスを塗り直したりメンテナンスして音羽さんに渡す。そうすれば楽器が入れ替わったことに気づかれないだろうと思ったのです。自分でいうのもなんですが、もともとあの楽器は、世界中の演奏家が絶賛するいい楽器だった。本物の《ミモザ》より扱いやすく、鳴らしやすい。音羽さんにとっても損ではないはずなのです。

しかし予想外のことがいくつか起こりました。まず、音羽さんが僕に楽器を預けなかったこと、そして、神崎がコーディネーターとして殿下に同行してきたことです。僕は神崎を見て、それがあの時の五人目だと分かったので、独断で神崎に近づきました。神崎は、自分が窃盗団の一員だったことをほのめかし、今度こそ来日のどさくさに紛れてあの楽器を手に入れたい、もう買い手は見つけてあるとも言っていました。神崎は美術品売買の経験があるからなのか、そこそこ目は利くらしく、一週間前のアークエンジェルの練習の時、光子さんの楽器に目をつけていたというのです。あれなら《ミモザ》とすり替えられる、と僕に持ちかけてきました。僕はそれに乗ったふりをして、神崎からはっきりと窃盗団の一員だったという証言を引き出そうとしたのです。結果として危うく本物の《ミモザ》に危険が及ぶところでした。これは僕の不徳の致すところでしょう……」

「でもどうして……？　私は、もしそういう事情で私が持っている楽器が歴史的名器であり盗品だと知ったら、多少の補償はしてもらわなきゃならないけど、お返しすることはできましたけど……」

「ミツコサン、あなたがどういう方だか分からなかったからです。もしかしたら、代償として二億円を要求してくるような方かもしれませんからね。お恥ずかしい話ですが、一部ネットで噂されている通り、私は近年、財政的打撃をこうむっており、とても二億円は支払えないのです。しかし私は、あなたから、いわば《ミモザ》をだまし取るのはさすがに良心が許さなかった。私はあなたをヴァイオリン奏者として雇い、私が今回持ち込んだもう一つの名器《アーベントロート》を弾いてもらった。あなたがそれを気に入ったら、あなたにさしあげようと思っていたのです。私が帰った後、あなたの手元には、世界中の演奏家が本物の《ミモザ》として認めてきた良い楽器と

《アーベントロート》が残る、これが今の私にできる最大の補償のつもりでした」

沈黙が訪れた。

その間に再びステージ・マネージャーが現れ、開演を十分延期すると告げた。ネットのあちこちに情報を流したことで、観客が少し戻って来ているという。もちろん今から満席になるほどの集客は無理だろうが、少なくとも、入りが五割を切った聴衆の前で《ミモザ》をお披露目しなくて済む。

ステージ・マネージャーが去った後、アルベールの視線は光子に注がれた。彼は今にも何か決定的で重大なことを言いそうな面持ちで、ただただ光子を見つめた。光子はふとそれから目を逸らした。

延期された休憩時間も少ししかない。光子は何も言わず、自分の楽器――本物の《ミモザ》――を大里に手渡した。

「もう時間です。これを……」

「ミツコサン！　いいのですね?!」

「ええ、殿下。だって、これはもともと私のものではなかったのですから」

「それでは、代わりに《アーベントロート》を受け取っていただけるのですね？」

「いいえ。あれは私には音が派手過ぎて無理です。安住さん、今日、あの安住さんのコピー楽器は持って来てますか？」

「ええ。いちおうは」

「では、私にそれを下さい。いい楽器なんですよね？　本物の《ミモザ》に劣らないくらいの」

アルベールと安住はまた顔を見合わせた。

「でもミツコサン、それで本当に良いのですか？」

「もちろん、私の楽器が《ミモザ》かどうかを別にして、十五年間一緒に過ごした愛器を手放すのは、私には子供はいないですけど、我が子と引き裂かれるくらい辛いです。だけど……楽器を我が子と思うのならば、世界的な活躍の舞台に送り出してやるのも……愛情なんじゃないかと思うのです」

「だったらミツコサン、その我が子と離れないでいられる私の提案に対する答えを下さい。私の昨日のプロポーズは、受けていただけますか？」

イヴォンヌが驚きながらも几帳面にそれを通訳した。光子以外の全員が、アルベールのあまりにも意外な発言に凍りついた。

しかし光子も、内心は彼らと同じくらい驚いていた。そう、やはり夢ではなかったのだ……

「それは……」

全員が光子を見る。光子はまた目を伏せかけたが、傲然と顔を上げて言った。

「それは……お受けできません。ごめんなさい」

「まさか！　どうしてです?!　昨日お話しした通り、小国の君主は重圧もなく、気楽なものですよ。何も心配することはありません。国の跡継ぎもすでにいますし、昔のような親戚との争いもありません。あなたが怖気《おじけ》づいたり、引け目に感じたりすることは何もないのです。あなたにはもっと輝ける場所がある。それが私の元であってくれればと願っています」

「いいえ。私は怖気づいているわけでもなければ、引け目に感じたりしているわけでもありません。確かに私は、有名人でもなければ美人でもなく、日の当たらない裏方の仕事をしていて、音楽家としてもアマチュアの二流です。見かけも性格も地味です。何一つ輝いているところはないと言ってもいいでしょう。だけど、その私の地味な世界の中で、私は自分に見合った地味な努力をして、精いっぱい生きているのです。それが私です。自分にものすごく自信を持っているわけでもなければ、ものすごく誇れるようなところもないですけれど、でも、自分のそのあり方を否定されればそれは違うと反発するくらいのささやかな誇りは持っています。それが私なんです。誰もがそんなに輝いたり自分の殻《から》を破ったりしなきゃいけないのでしょうか？　何にでも挑戦して、成功して、いつでも主役になろうとしなければいけないのでしょうか？　私はそうは思っていません。私は私であり続けたいし、私は、アマチュア・オーケストラの第二ヴァイオリンの最後尾を抜け出したい場所とは思っていないのです。ここに居たいのです。それを理解して下さらないあなたは、私の伴侶《はんりょ》にはなり得ないでしょう」

言い終わってから、少し気が遠くなるような、ふっと身体から力が抜けていくような感じがあった。でもこれでいい。これでいいのだ。

「ミツコサン、しかし私は……」

「もう時間がありません。大里さん、拓人、久保田、もう行かないと」

大里は小さくうなずくと、《ミモザ》を抱いて自分の楽屋に戻っていった。慣れない楽器をいきなり本番で弾くのは大変だろう。しかし、光子には確信があった。《ミモザ》はきっと、光子の手の中にある時よりはるかによく響くだろうし、大里峰秋はそれができるヴァイオリニストだ。

開演五分前が告げられ、団員たちは皆それぞれの楽器を持って舞台袖に集合した。舞台の後方には一八一二年序曲に使われる一群の鐘——チューブラーベルズではない、本物の鐘――やバスドラムが設置され、パイプオルガンの前には金管の別動隊《バンダ》のための譜面台が並ぶ。

ステージ・マネージャーから合図が発せられ、光子は第二ヴァイオリンの最後尾へと歩き出した。

エピローグ

「しかしあれですね」

小林拓人がフルムーンのかき氷——特に凝ったことはなにもしていない苺《いちご》ミルク、昭和の味だ——をほおばりながら、誰に言うともなくという調子で言い出した。

「あれですよ。よく考えたら、光子さんから《ミモザ》を騙し取るなら、何も二重密室トリックとか必要なかったんじゃないですかね」

「どういうこと？」

光子は別にどうでもいいといった態度で応えた。本番から一週間、疲れが抜けない。まさか本番一回でそこまでバテるほど老けたのかとは思いたくはなかったが。

「だって、あれじゃないですか。例えばですよ、コンサートとか大公の来日とは関係なく、光子さんに『あなたが持っている楽器は実は自分の作だから、無料でメンテナンスさせてほしい』って言って預かって、こっそりラ・ルーシェ公国にあった楽器とすり替えればよかっただけなんじゃ？」

「私もそれはちょっと思った。だけど、そうしたら《ミモザ》に保険をかけないで飛行機に乗せなきゃならなくなるじゃない？　それに、私は安住さんにいきなり自分の楽器が年代ものじゃなくて安住さんが作った新しい楽器だって言われたとしたら、信用したかどうか……。そんなこと言われても安住さんに自分の楽器を渡したりはしなかったんじゃないかと思う。何にしても、楽器消失トリックにしても、ジュリアン神崎を罠にかけようとした件にしても、安住さんって見かけによらずいらんことしいというか、凝り過ぎというか、やり過ぎというか……そういう人なのかもね。いや、見かけによらずじゃなくて、ああいう技巧的なものづくり系の人って、本質はそういうものなのかも。知らんけど」

拓人と久保田、そして望月翁が顔を見合わせた。

相変わらず蒸し暑い土曜日の昼下がり、特に誘い合わせたわけではないが、何となくまたこの面子でフルムーンの土間にたむろする形になった。光子は石田力也から送られてきた紙のゲラに目を通し、久保田はパソコンに向かい、拓人と望月翁は、見るともなしに映りの悪いテレビを見ている。それぞれ好き勝手なことをしながらたまに言葉を交わし、また好き勝手なことをする。そういう心地よい午後だった。

「そういえば、安住さんは埼玉の工房を閉めるそうだよ」

望月翁が思い出したように言った。

「祥子から聞いたんだけどね。年内にも埼玉の工房を閉めて、イタリアに移転するらしいよ。もともと北イタリアのヴァイオリン製作学校から指導に来てほしいという要請はあったというんだけど、ねえ、あまりに急な話だからねえ。やっぱり、今回の件の影響はあるんじゃないかねえ」

「へ〜。俺は田部井さんから、まりやさんが安住工房との提携の話がなくなるかもしれないってキャーキャー騒いでるっていうのは聞きましたけど、そういうことですか」

光子はふと、安住は本物の《ミモザ》の傍にいたいのではないかと想像した。が、真相は安住以外の誰にも分からない。

《ミモザ》の件については、大公の秘書がマスコミに「ちょっとした手違いがあり、お騒がせして申し訳ありませんでした」とだけ語り、保険会社は保険金を支払わなくて済んだので何も口は出さず、大公自身は、今までに訪問したアジア諸国の都市でどこが一番印象深かったのかとの新聞記者からの質問に、「どの都市もそれぞれに美しく」という優等生の答えを残して帰国していった。

拓人はかき氷を食べる手を止めた。

「うーん、しかしあれですね、あの事件、な～んかビミョーに納得いかないっすねえ。安住さんも大公も、注目されたいという願望が全然なかったのかどうか、話題作りネタ作りの気持ちが本当になかったのかどうか、なんか怪しいと思っちゃうんですよね～」

久保田と望月翁が身振りで止めようとしたが、拓人は平然とアルベールの名を口にした。久保田たちはどちらも不自然なほどその話題を避けていたが、拓人に伝わるはずもなかった。

別に、そんなところに気を使っていただかなくても結構だ。傷ついた小娘じゃないのだから。

「それならそれで別にいいじゃない？　もしラ・ルーシェ公国に日本からの観光客が増えて、アルベール殿下のフトコロが潤って、それで経済的損失の補塡が出来るんだったら、それはそれでおめでたいんじゃないかと」

「しかしあれですね、光子さん、モヤモヤしないです？　二億円の楽器を安住さんの楽器と取り換えちゃったんだし」

「うん……それなんだけどね。まあ、世界的名器が自分のところにいてくれたら、みたいな気持ちは全然ないと言ったら嘘になるけど……でも、あの日、チャイコンで安住さんの楽器を弾いて、こっちのほうが合ってると思ったのよね。労力を傾けて鳴らそうとしなくても自然に鳴ってくれるし、その分、私にも余裕ができたし。はっきり言って、安住さんの楽器を弾いてる時のほうが上手いのよ、私。明らかにね。それに、大里さんが弾いた《ミモザ》は、私が弾いてた時とは比べ物にならない音色だった……。私はね、世界的名器は自分には分不相応だと思って納得しようとしているわけじゃないの。私が私のままでいられて、その私として力を発揮できるのが安住さんの楽器だったというだけ。今のこの楽器のほうが、自分自身がヴァージョンアップする感じかな。だから別に、割を食ったとは思ってないのよね」

「へ〜。そんなに違うもんですか？　俺は誰のどの楽器弾いても変わんない気がするんですよね」

「君にもそのうち分かるよ。ヴァイオリンを弾き続けていればね」

「なんか川原先輩にも前に似たようなこと言われたことありますけど、どうなんすかね。あ、でも、協奏曲の時の大里さんの演奏も音もすごかったのは分かりました。あれはカッコよかったっすね」

チャイコフスキーの協奏曲は、客席の入りは七割ほどで、よくできた映画のように大観衆の前での劇的な成功というわけにはいかなかった。演奏も序盤の出来はやや微妙だ。弦楽合奏で問いかけるように始まる第一楽章の序奏は、少しばかり気が引けたような、おっかなびっくりの踏み出しとなった。そのオーケストラの前に舞い降りたソロも、輝くようなスター女優というよりは、はにかんだ少女のようだった。が、第二主題のあたりで大里が《ミモザ》の鳴らし方を体得したあたりから様相が変わり、展開部に入る頃にはすでにソロ、オーケストラとも爆演に向かい始めたのだった。展開部でオーケストラが四拍子のポロネーズとでも言うべきリズムを刻み始めた時には、もはや冒頭のおどおどした調子は欠片もなかった。大里は火を噴くような超絶技巧のカデンツァをいとも簡単なことのように余裕で弾き切り、オーケストラは快哉《かいさい》を叫んだ。

爆演は何も、音を大きくすればいいというものではない。どんな静かな緩徐楽章でも、休符の瞬間にさえ、燃え上がるようなドラマを感じさせてこそ真の爆演なのだ。第二楽章はゆったりとした四分の三拍子のカンツォネッタなのだが、弱音器をつけた《ミモザ》が長いため息のような愛の言葉をささやくと、オーケストラは抑えきれない思いを吐露する。この狂おしい甘やかな時間は心地よく永遠に続くかと思われたが、突然曲調は一変し、熱狂の第三楽章に突入した。

フィナーレの楽章はまさに、紛うかたなき爆演の誉《ほま》れ高き――あるいは爆演のそしりを受ける――演奏だった。アレグロ・ヴィヴァーチッシモ。第一楽章と同じく二長調。ヴァイオリンにとってはもっとも演奏しやすく、倍音の響きが得やすい調だ。西欧式のロンド形式だが、ロシアの民族的な舞曲を思わせる旋律がその古典的な形式を打ち破るように駆け抜ける。チャイコフスキーらしい憂いを帯びた第二主題も、徐々に熱を帯びて加速し、転調と主題の入れ替わりがその熱をさらにあおる。技巧に関しては、第三楽章はさほど困難な曲ではないのだが、この祝祭的な躍動感と熱狂的とも言える雰囲気を高めてゆくには、技術では賄《まかな》いきれない「何か」が必要なのだ。その何かはこの時まさにここにあった。ソロとオーケストラが一体となり、どの瞬間にもありったけの情熱を歌い上げた。爆演の大天使が舞い降りたのだ。《ミモザ》はその爆演のオーケストラに埋もれることなくのびやかに歌い、煌《きら》めき、舞い、まさしくその名の通り香り立ち、至高の響きを聴かせたのである。

全ての演奏が終わって残響が消えゆき、満席にはならなかった客席からそれでも満席同様の拍手喝采が上がった瞬間、光子は確信した。光子と《ミモザ》の絆は失われることはない。ヴァイオリンの名器は時に弾く者を選ぶが、光子もまた、間違いなく《ミモザ》に選ばれたうちの一人なのだ。あの名器を死蔵せず光子が鳴らし続けたことで、この音色が得られたのも確かだ。そして光子はこの十五年間、ヴァイオリン奏者として《ミモザ》に育ててもらった。自分は《ミモザ》の一部となり、《ミモザ》は自分の一部となったのである。

「しかし、コンチェルトのほうはまあいいとして、一八一二年のほうはやり過ぎだったんじゃないかねえ」

望月翁が思い出したように言った。口調は嬉しそうだ。

「いや、あれはそもそもチャイコフスキーがフォルテ三つとか四つとか書き込んじゃうような曲だからあれでいいんだよ」

久保田がさらに嬉しそうな様子で答えた。

「小林はちゃんとパンフ読んでるのか？」

「読んでません」

そこまできっぱり言われるといっそ清々しい。

「あの曲はさ、チャイコフスキーが作りたくて作った曲じゃなくて、イベント用の、いわゆる『機会音楽』なんだ。一八一二年にロシアがナポレオン率いるフランス軍をやっつけた歴史が元ネタ。チャイコフスキーは弟やパトロンへの手紙に『何の愛情もなく作曲した』と平然と書いちゃってるけど、結果として、世界的に成功した曲になったし、チャイコフスキーも自分のコンサートで取り上げるようになった。まあ分かり易くて派手で、大衆受けするからなあ。でも、そういう力を入れ過ぎてない作品ほど名曲になっちゃうことってあるのかもしれないな。そこが音楽の面白いところだが」

古いスラヴ聖歌で始まる曲は、ラ・マルセイエーズやロシア軍を表す主題、民族的な舞曲の旋律を交えつつスピットファイアよりも映画音楽的に――作曲されたのは一八八〇年なのでもちろん映画は存在しないが――場面を変えて盛り上がり、最後にはロシア帝国国歌を全員で強奏して終わるという、ものすごく分かりやすく、かつ爆演向きの曲だ。パーカッションはショスタコーヴィチの一番より派手で、ティンパニの他に大太鼓、小太鼓、シンバル、トライアングル、鐘、そして「大砲」と指定されている。コンサートでは計一六発撃たれる大砲のパートはバスドラムで演奏することがほとんどだが、ロシアではレトロな本物の大砲をコンサート・ホールの外の広場に設置して空砲を打ちまくった前例がある。自衛隊は主にM101一〇五ミリ榴弾砲を使用している。しかし演奏の成否を決めるのは実は大砲ではない。鐘だ。あれはチューブラーベルズではない本物の鐘をロシアの教会でやるように乱打するのが正解だ。プロオケでも大砲のパートに気を取られて鐘にまで気が回っていない演奏は多い。アークエンジェルではレンタル楽器の粋《すい》を尽くして鐘を集め、三人のパーカッション奏者で乱打したのだった。

結果として、ネットに『アークエンジェル』オーケストラじゃなくて、『バクエンジェル』オーケストラ」と書かれるに至ったが……

「しかしあれですね、ラ・ルーシェ家って、フランス系でしたよね？　確か。そういう人の前であの曲やっちゃってよかったんですかね？」

光子は一つため息をついて答えた。

「それもちゃんとパンフに書いてある。ラ・ルーシェ家はロシア系の血が濃いし、革命期とナポレオン時代はイタリアに亡命してたそうだから、ナポレオンがやっつけられる分には構わないそうよ」

「へ〜。しかしあれですね、光子さん、本当に後悔してないんですか？」

望月翁と久保田がさりげなく、いやあからさまにわーっと声をあげて遮ろうとしたが、拓人は何事もないように続けた。

「大公夫人の座も蹴っちゃったなんて。もったいない。俺、来年の夏休みにはお城にタダで泊まれると思って一瞬期待したのに」

そこか。しかし、どうせなら腫《は》れものに触るように扱われるより、このくらい露骨に言ってくれた方がすっきりする。もしかしたらこれが、拓人の相棒ならではの読みと気の使い方なのかもしれない。

「それもヴァイオリンと同様。自分でも驚くくらい後悔してないんだよね。何ていうか、二人とももっと若ければ互いにカスタマイズもできただろうけど、私もあちらもこのトシになっちゃうとねえ。出来上がっちゃってるからねえ」

「へ〜。そういうもんですかねえ。それもなんか、ビミョーに納得いかないんですけどねえ」

彼くらいの若いもんにはまだ分からないかもしれない。同世代でも、自称「大人女子」たちには理解されないだろう。でも別に構わない。

「まあ、後悔はしてないんだけどさ、いいんだけどさ……いいんだけど、何故か、いろいろ、何となくモヤモヤはするのよ。なんでか分かんないけど」

「そりゃ本当に心底さっぱりしてたらむしろヤバイ人でしょ？」

「た、確かに」

「でも、なんか、光子さん、カッコイイっすね」

「え？」

「カッコイイっすよ」

「ありがと。まあ相棒のよしみで、三割引きくらいで真に受けておくよ」

正直に言えば、傷ついた小娘と何ら変わらない部分はある。しかし若い頃と違うのは、それが全てではないことと、いつかは思い出に変わると知っていることだ。そして何より、自分には居場所があり、仲間があり、音楽がある。

まあ、その仲間も変な奴らばっかりだけどね……

光子はひとりごちた。その光子の鼻先を、季節外れのミモザの香りがかすめたような気がした。

本書は二〇一九年十一月、小社より単行本として刊行されました。

|著者| 高野史緒　1966年茨城県生まれ。茨城大学卒業。お茶の水女子大学人文科学研究科修士課程修了。1995年、第6回日本ファンタジーノベル大賞最終候補『ムジカ・マキーナ』でデビュー。2012年『カラマーゾフの妹』で第58回江戸川乱歩賞、2021年『まぜるな危険』で第4回 書評家・細谷正充賞を受賞。著書に『ヴェネツィアの恋人』、『デッド・オア・アライヴ』(江戸川乱歩賞作家アンソロジー)、『翼竜館の宝石商人』などがある。

大天使《だいてんし》はミモザの香《かお》り
高野史緒《たかのふみお》

講談社文庫
定価はカバーに
表示してあります

2022年1月14日第1刷発行

KODANSHA

発行者──鈴木章一
発行所──株式会社　講談社
東京都文京区音羽2-12-21　〒112-8001
電話　出版　(03)　5395-3510
　　　販売　(03)　5395-5817
　　　業務　(03)　5395-3615

デザイン─菊地信義
本文データ制作─講談社デジタル製作
印刷───豊国印刷株式会社
製本───株式会社国宝社

Printed in Japan

ISBN978-4-06-525815-6

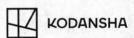

講談社文庫刊行の辞

二十一世紀の到来を目睫に望みながら、われわれはいま、人類史上かつて例を見ない巨大な転換期をむかえようとしている。

世界も、日本も、激動の予兆に対する期待とおののきを内に蔵して、未知の時代に歩み入ろうとしている。このときにあたり、創業の人野間清治の「ナショナル・エデュケイター」への志を現代に甦らせようと意図して、われわれはここに古今の文芸作品はいうまでもなく、ひろく人文・社会・自然の諸科学から東西の名著を網羅する、新しい綜合文庫の発刊を決意した。

激動の転換期はまた断絶の時代である。われわれは戦後二十五年間の出版文化のありかたへの深い反省をこめて、この断絶の時代にあえて人間的な持続を求めようとする。いたずらに浮薄な商業主義のあだ花を追い求めることなく、長期にわたって良書に生命をあたえようとつとめるところにしか、今後の出版文化の真の繁栄はあり得ないと信じるからである。

同時にわれわれはこの綜合文庫の刊行を通じて、人文・社会・自然の諸科学が、結局人間の学にほかならないことを立証しようと願っている。かつて知識とは、「汝自身を知る」ことにつきていた。現代社会の瑣末な情報の氾濫のなかから、力強い知識の源泉を掘り起し、技術文明のただなかに、生きた人間の姿を復活させること。それこそわれわれの切なる希求である。

われわれは権威に盲従せず、俗流に媚びることなく、渾然一体となって日本の「草の根」をかたちづくる若く新しい世代の人々に、心をこめてこの新しい綜合文庫をおくり届けたい。それは知識の泉であるとともに感受性のふるさとであり、もっとも有機的に組織され、社会に開かれた万人のための大学をめざしている。大方の支援と協力を衷心より切望してやまない。

一九七一年七月

野間省一

講談社文庫 最新刊

麻見和史
偽神の審判
〈警視庁公安分析班〉
公安vs.謎の殺し屋「鑑定士」、激闘の結末は――？
WOWOWドラマ原作＆シリーズ第2弾！

神楽坂 淳
うちの旦那が甘ちゃんで
〈鼠小僧次郎吉編〉
沙耶が夫・月也の小者になりたてのころ、「深川飯を喰え」との奉行のおかしな命令が！

知野みさき
江戸は浅草4
〈冬青《そよご》灯籠《どうろう》〉
江戸に人情あり、男女に別れあり。心温まりほろりと泣ける本格派江戸時代小説！

高田崇史
源平の怨霊
〈小余綾《こゆるぎ》俊輔の最終講義〉
日本史上屈指の人気武将、源義経は「怨霊」になったのか!?　傑作歴史ミステリー登場。

天野純希
雑賀《さいか》のいくさ姫《ひめ》
雑賀、村上、毛利ら西国の戦国大名達の海戦を描く傑作歴史海洋小説。〔解説〕佐野瑞樹

加賀乙彦
わたしの芭蕉
芭蕉の句を通じ、日本語の豊かさ、人の生き方、老いと死の迎え方を伝える名エッセイ。

夏原エヰジ
連理の宝
〈Cocoon外伝〉
鬼斬り組織の頭領にして吉原一の花魁《おいらん》、瑠璃《るり》。彼女と仲間の知られざる物語が明かされる！